Edgar Wallace

Das Silberne Dreieck
und
Das Bilderrätsel

C. Bertelsmann Jugendbuch

München 1983 / 5 4 3 2 1
Bearbeitet von Alex Barclay
Einbandgestaltung: Klaus Renner unter Verwendung
einer Illustration von Charlotte Panowsky
Gesamtherstellung Mohndruck Graphische Betriebe GmbH, Gütersloh
ISBN 3-570-08351-9 · Printed in Germany

1. Kapitel
Der Mann in der Teekiste

Der Mann fror erbärmlich. Seit es Herbst geworden war, wohnte er in einer Kiste aus dünnem Sperrholz, die einmal Ceylon-Tee enthalten hatte. Wenn er sich klein machte und die angezogenen Knie mit den Armen umschlang, paßte er genau hinein. Aber er mußte den Kopf einziehen und sich sehr klein machen. Und direkt neben seinem Gesicht war ein kleines rundes Loch, durch das er hinausblicken konnte, an einem der schweren Brückenträger vorbei, an denen der Rauhreif glitzerte, hinüber zum Kai, wo der alte tote Baum stand und die grüne Parkbank. Manchmal gaben sich dort Verliebte ein Stelldichein. Manchmal saß dort ein alter blinder Mann und fütterte die Tauben, redete mit ihnen, als könnte er ihre Gurrlaute verstehen.

In dieser Nacht waren keine Verliebte dort und auch sonst niemand. Wer nicht einen triftigen Grund hatte, sich der feuchten Kälte auszusetzen, in der man sich leicht den Tod holen konnte, blieb in dieser Nacht zu Hause.

Der Mann in der Teekiste kicherte bei diesem Gedanken in den hochgestellten Kragen seines zerschlissenen Mantels hinein, der wenigstens nach Gin *roch,* wenn auch nach dem billigsten Fusel, den er mit ein paar erbettelten Pennies am Nachmittag hatte kaufen können.

Die Flasche war jetzt leer. Der Mann schlotterte. Seine wenigen Zähne, die ihm verblieben waren, schlugen gegeneinander. Seine Glieder waren steif. Die Kälte durchdrang seine alten, abgetragenen Kleider und nagte spitz an seinen Knochen.

Es war nach Mitternacht. Er hatte Big Ben schlagen hören. Eigentlich hätten die beiden Konstabler Fred Meeker und George Rawn längst auf ihrer Nachtrunde vorbeikommen müssen. Meeker mit der Stummelpfeife im Mund, etwas vornübergebeugt, und Rawn, der kleinere von den beiden, mit Atemtröpfchen im

Schnurrbart, die im Licht der einzigen Laterne wie Tau glitzerten.

Vielleicht waren die beiden in einer Kneipe eingekehrt, tranken heimlich im Hinterzimmer heißen Punsch und wärmten ihre kalten Hände an den dampfenden Gläsern. Verboten war das natürlich schon, während der Dienstzeit, aber welcher Vorgesetzte hätte in einer Nacht wie dieser nicht beide Augen zugedrückt.

Eine Hundekälte war es.

Der Mann in der Teekiste seufzte. Wie lange war es her, seit er das letztemal eine Nacht in der Wärme eines Raumes verbracht hatte? Einmal, vor drei Wochen, war er im Wartezimmer des Bahnhofes unter einer Bank eingeschlafen. Die Wächter hatten ihn übersehen, oder ihn einfach liegenlassen, aus Mitleid vielleicht, oder weil sie sich nicht die Mühe machen wollten, einen alten, nach Gin stinkenden Penner wegzujagen.

Die Teekiste war kein schlechter Unterschlupf. Mit etwas Glück würde er eine zweite finden, bevor der erste Schnee fiel. Dann konnte er »anbauen«. Er kicherte wieder, aber diesesmal kam der Hustenreiz, tief aus seiner Brust. Er versuchte ihn zu unterdrücken, versuchte ruhig zu bleiben und an etwas anderes zu denken, aber was immer Teuflisches in ihm war, es mußte raus. Er hustete bellend, hatte plötzlich den Geschmack von Blut im Mund und rang keuchend nach Atem.

Die Anfälle kamen, seit es kalt war, immer öfter. Schwindsucht war es. Tuberkulose. Lange würde er es nicht mehr machen, sagten die anderen, die unter anderen Brücken wohnten oder in leerstehenden Häusern und Kellergewölben, wo sonst nur noch Ratten hausten.

Sie wollten ihn nicht mehr in der Nähe haben. Er war ein Ausgestoßener mit seiner ansteckenden Krankheit, vor der sich alle fürchteten.

Er selbst fürchtete nichts mehr und niemand. Nicht einmal den Tod, der auf ihn lauerte, vielleicht schon die knöchernen Finger nach ihm ausgestreckt hatte. Nein, er fürchtete nichts mehr und niemand mehr auf dieser Welt, seit er im Krieg gewesen war und dort sein Auge verloren hatte, seinen Stolz und seine Ehre. Der Tod wäre, so meinte er, vielleicht sogar eine Erlösung.

Er wartete darauf, daß Big Ben die erste Stunde schlagen würde. Mit seinem einen Auge starrte er durch das Loch zum Kai hinüber. Der Nebel zog in Schleiern über die nassen, glitschigen Pflastersteine. Der tote Baum ragte wie die Krallenhand des Todes in den Nachthimmel. Das Nebelhorn vom Hafen stieß in regelmäßigen Abständen eine dröhnende Warnung für die Seefahrer aus, die sich ohne diese Signale im dichten Nebel nicht mehr hätten orientieren können.

Der Mann in der Teekiste hauchte gegen seine Hände. Er trug wollene Handschuhe, aber die hatten so viele Löcher, daß überall die nackten Finger herausschauten. Schmutzige, knochige Finger, die einmal schnell gewesen waren, so schnell und geschickt, daß sie einem Passanten den Geldbeutel aus der Rocktasche ziehen konnten, ohne daß dieser etwas merkte. Jetzt waren sie nur noch schmutzig.

Der Mann in der Teekiste verharrte in seiner Beschäftigung, als er für einen Moment drüben am Kai einen Schatten zu entdecken glaubte, der kurz aus dem Nebel auftauchte und sogleich wieder verschwunden war. Meeker und Rawn vielleicht?

Der Mann drückte das eine Auge näher ans Loch und starrte angestrengt zum Kai hinüber.

Plötzlich lichtete sich der Nebel etwas. Er sah die Gestalt, die aus der Dunkelheit in das Licht der Laterne taumelte. Eine schlanke, mittelgroße Gestalt, die ein langes helles Gewand trug.

Der Mann in der Kiste hielt den Atem an. Eine Frau! Langes strähniges Haar hing ihr über das Gesicht, das vor Angst und Entsetzen schrecklich entstellt war. Und deutlich konnte er sehen, daß sie keine Schuhe trug. Ihre Füße waren weiß und nackt, das Gewand über der Schulter zerrissen.

Die Frau taumelte, als wäre sie betrunken. Mit den ausgestreckten Händen suchte sie Halt. Sie verlor beinahe das Gleichgewicht, und der Mann in der Teekiste glaubte, sie würde kopfüber auf die glitschigen Pflastersteine fallen. Im letzten Moment jedoch griff sie nach der Lehne der Parkbank, die unter dem toten Baum stand.

Jetzt konnte der Mann in der Teekiste die Frau keuchend atmen hören, während sie sich nach allen Seiten umsah, so als fürchtete sie irgendwelche Verfolger, die ihr dicht auf den Fersen waren. Erst nach einigen Minuten, als nichts geschah und alles still blieb, ließ sich die Frau auf der alten Parkbank nieder, auf der sonst die Verliebten einander bei der Hand hielten und sich manchmal einen Kuß gaben oder zwei.

Der Mann in der Teekiste wartete eine Weile. Er beobachtete die Frau, die völlig erschöpft war. Am Ende ihrer Kräfte. Sie hatte eine Tasche im Schoß. Und in dieser Tasche war vielleicht Geld.

Geld!

Mit Geld konnte er Gin kaufen. Und Gin würde ihn wärmen wie ein Ofen. Mit Gin im Bauch würde er schlafen können ohne zu frieren.

Der Mann in der Teekiste leckte seine rissigen Lippen. Dann bewegte er sich. Zuerst ein Bein. Das Knie schmerzte vom Rheuma. Der Mann ächzte leise, aber die Frau auf der Bank hörte ihn nicht.

Kriminal-Inspektor Philander Dearborn von der Mordabteilung des Scotland Yard hatte Nachtschicht. Er saß in seinem kleinen Büro im dritten Stock, ließ sich den Dampf aus einer Tasse Kamillentee in die verschnupfte Nase steigen und wünschte, er wäre nie Inspektor geworden, sondern Schullehrer oder Filialleiter einer Bank, die ihre Tore um neun Uhr am Morgen öffnete und um vier Uhr am Nachmittag schloß.

Inspektor Dearborn war ein dünner gelenkiger Mann mit einem schmalen Gesicht und leicht abstehenden Ohren. Das Auffallendste an ihm aber waren die kleinen kalten Augen, deretwegen ihm Freunde und Feinde den Übernamen »Snake-Eye« gegeben hatten. Schlangenauge. Der Inspektor machte sich nichts daraus, solange ihn niemand mit diesem Spitznamen anredete. Er liebte es, Inspektor genannt zu werden, oder Sir. Sogar seine

Frau nannte ihn Sir, besonders dann, wenn sie einen neuen Hut kaufen wollte oder sonst irgendwelchen Kram, der Ladys wichtig war.

Inspektor Dearborn rechnete eigentlich nicht damit, daß in dieser trostlosen Nacht irgend etwas Schlimmes passieren könnte und er sich persönlich darum zu kümmern hätte. Aber wie so oft in seiner sonst so erfolgreichen Laufbahn irrte er sich.

Punkt ein Uhr, Big Ben hatte eben geschlagen, und er hatte noch immer den Klang im Ohr, läutete das Telefon.

»Inspektor Dearborn«, meldete er sich nach kurzem Zögern.

»Oh, Dearborn, äh – Sir, ich bin hier unten bei der Brücke zusammen mit Rawn, und wir haben die Frau hier auf dem Pflaster, und vielleicht stirbt sie uns noch unter den Fingern weg, weil Rawn sagt, daß sie schon fast keinen Puls mehr hat und überall Blut ist, sogar auf der Parkbank und am Baumstamm. Es sieht alles nach einem Mord aus und – äh, vielleicht sollten Sie sofort . . .«

»Sachte«, unterbrach Inspektor Dearborn den Redeschwall. »Vielleicht sagen Sie mir erst einmal, wer Sie sind?«

»Ich? Oh, ich bin Meeker, Sir! Konstabler Fred Meeker, und . . .«

»Ahh, Polizist also. Gut, Konstabler. Und wer ist Rawn?«

»Mein Streifenpartner. George Rawn. Er kümmert sich um die Frau, aber . . .«

»Und wo, Konstabler, befinden Sie sich zur Zeit?«

»Unten bei der Brücke, Sir, wo der tote Baum . . .«

»Bei welcher Brücke, Konstabler?«

»Die Lambeth Bridge. So heißt sie. Wir sind auf der Westseite. Die Frau ist offenbar niedergeschlagen worden, und wir wissen auch schon, wer es getan hat.«

»Na, na, Konstabler«, bremste Inspektor Dearborn den Übereifer des Polizisten. »Sachte, mein Lieber, wir wollen keine Fehler machen, nicht wahr.«

»Nein, Sir.«

»Also. Wer ist Ihrer Meinung nach der Täter?«

»Tuberkel-Johnny!«

»Wie bitte?«

»Der Mann, der in der Teekiste wohnt. Sein Name ist Johnny. Er hat die Schwindsucht. Die anderen Penner nennen ihn Tuberkel-Johnny. Er ist weg. Verschwunden. Die Teekiste ist leer. Ich bin sicher, daß er . . .«

»Sachte, Konstabler«, beschwichtigte ihn der Inspektor erneut. »Sagen Sie mir, wer die Frau ist, bitte.«

»Keine Ahnung. Sie hat nichts bei sich. Nicht einmal Schuhe trägt sie.«

»Um Gottes willen«, entfuhr es dem Inspektor. Er schüttelte sich allein bei der Vorstellung, daß jemand da draußen ohne Schuhe herumlief.

»Sie trägt ein Nachthemd, Inspektor. Sonst nichts. Rawn sagt, daß sie völlig unterkühlt ist. Jemand sollte schnell das Krankenhaus alarmieren. Es ist dringend. Die Frau ist mehr tot als lebendig.«

»Und sie hat nichts bei sich, das Aufschluß über ihre Identität geben könnte?«

»Nichts, Sir.«

»Also, Konstabler. Bleiben Sie an Ort und Stelle. Rühren Sie nichts an. Ich bin sofort da, und der Krankenwagen auch. Rühren Sie nichts an, ja!«

»Jawohl, Sir.«

Inspektor Philander Dearborn knallte den Hörer auf die Gabel, trank einen Schluck vom Tee, verbrannte sich die Zunge, fluchte unterdrückt und angelte Hut und Mantel vom Haken an der Wand. Als er aus dem Office stürzte, prallte er auf dem Flur mit der Putzfrau zusammen, die vor Schreck auf dem Schmierseifenboden ausrutschte und mit dem Besen zwischen den Beinen kreischend den Flur entlangsauste. Der gute Inspektor flüchtete in den Elevator, bevor ihm die Putzfrau den nassen Lappen um die Ohren hauen konnte, drückte auf den Erdgeschoß-Knopf und atmete erleichtert auf, als sich der Aufzug knarrend in Bewegung setzte.

Fred Meeker entdeckte die schwarze Limousine, als er die Telefonzelle verließ. Er hatte nach dem Gespräch mit Inspektor Dearborn noch mit seiner Frau telefoniert und ihr in aller Eile mitgeteilt, daß er am nächsten Tag ziemlich sicher in der Abendausgabe des *Daily Megaphon* stehen würde; wahrscheinlich mit Namen und vielleicht sogar auf einem Bild.

Die Limousine kam aus einer Seitengasse der Lambeth Street hinter der alten Kirche hervor, deren Umrisse dunkel auftauchten, als sich der Nebel für einige Sekunden lichtete. Die Scheinwerfer waren abgeblendet, aber der Lichtkegel eines auf dem Dach montierten Suchscheinwerfers strich über den Kai, während die Limousine langsam und leise die Lambeth Palace Road überquerte und in die Einmündung bog, die zum Pier hinunterführte. Der Lichtkegel des Suchscheinwerfers traf Fred Meeker, der geblendet einen Arm vors Gesicht hielt. Er hörte, wie der Motor der Limousine etwas lauter wurde, sah nichts als grelles Weiß, das seinen Augen wehtat, und dachte, daß wahrscheinlich Inspektor Dearborn von irgendwelchen Abkürzungen wußte, von denen nicht einmal der verwegenste Taxifahrer Londons eine Ahnung hatte.

»Inspektor Dearborn?« fragte er laut.

Er bekam keine Antwort. Noch immer geblendet, machte er die Augen zu.

»Sir? Die Frau liegt dort drüben.« Mit einer vagen Handbewegung zeigte er in die Richtung, wo sich die Parkbank befand und der tote Baum, von dem die Penner die Rinde weggeschlagen hatten, damit sie unter der Brücke Feuer machen konnten.

Keine Antwort.

Der Motor lief noch immer. Bentley, dachte Meeker. Kein Rolls Royce. Oder vielleicht ein Rover.

Er öffnete die Augen. Der Suchscheinwerfer war nicht mehr auf ihn gerichtet. Meeker konnte die Umrisse von zwei Männern sehen, die links und rechts von der Limousine standen. In weißen Schürzen. Und hinter dem Steuer saß einer, der eine dunkle Brille trug. Meeker konnte nicht viel von ihm sehen, weil er im Abblendlicht stand, aber der Mann hatte ein mageres, eingefallenes Totenkopfgesicht, in dem der Mund nicht mehr als ein dünner Strich war.

»Ah, die Herren sind vom Krankenhaus«, sagte Meeker. »Das ging ja schneller, als ich gedacht habe.«

»St. Thomas«, sagte der Mann links von der Limousine. »Gleich dort drüben.« Er zeigte in den Nebel hinaus nach Norden. Meeker wußte, daß dort das große St. Thomas Krankenhaus war, aber sehen konnte man es von hier aus nicht.

»Was ist mit der Frau?« fragte der andere.

»Jemand hat ihr auf den Kopf gehauen, mit einem Brett vielleicht oder so. Kommen Sie, bitte, es ist eilig.«

Meeker ging der Limousine voran. Er sah Rawn, der bei der Frau kniete.

»Heh, nichts anfassen, George. Snake-Eye hat Dienst. Er muß jeden Augenblick hier sein.«

George Rawn stand auf.

»Sie ist besinnungslos«, sagte er. »Wer sind die da?« Er deutete auf die Limousine, die sich wieder in Bewegung gesetzt hatte und dann plötzlich still stand. Beide, Meeker und Rawn wandten sich ab, um ihre Augen nicht dem grellen Licht auszusetzen.

»St. Thomas Krankenhaus«, erklärte Meeker. »Gleich dort drüben. Deshalb sind sie so schnell da.«

Das Nebelhorn dröhnte. Dann war leise eine Polizeisirene zu hören. Die beiden Männer in den weißen Kitteln hatten sich über die Frau gebeugt. Sie murmelten etwas, das weder Meeker noch Rawn verstehen konnte.

»Well, Konstabler, wo ist die Tasche der Frau?«

»Die Tasche?« fragte Meeker und Rawn wie aus einem Mund. »Welche Tasche?«

»Hm, ich kenne keine Frau, die ohne Tasche spazierengeht«, sagte der Mann mit Spott in seiner Stimme.

»Und ich kenne weder Mann noch Frau, die ohne Schuhe spazierengehen«, gab Meeker ebenso spöttisch zurück. »Schon gar nicht in einer solchen Nacht.«

»Sie hatte keine Tasche dabei?« fragte der andere.

»Nein. Als wir sie fanden, nicht. Vielleicht hatte sie eine Tasche dabei. Vorher, meine ich. Aber wenn sie eine Tasche dabei hatte, dann muß sie jetzt im Besitz von Tuberkel-Johnny sein.«

»Tuberkel-Johnny? Wer zum Teufel ist das?«

»Der, der die Frau umgebracht hat«, sagte Meeker. »Der Mörder.«

»Die Frau lebt noch«, wandte George Rawn ein. »Ich darf die Herren vielleicht ermahnen, nichts anzufassen, bis Snake-Eye – äh, Inspektor Dearborn hier ist.«

»Blödsinn, Konstabler. Die Frau ist in Lebensgefahr. Wir können es nicht einmal riskieren, auf den Krankenwagen zu warten. Los, Henry, wir heben sie sanft auf und transportieren sie im Wagen von Dr. Briesley zur Notfallstation.«

»Well, vielleicht sollten wir doch warten, bis der Inspektor hier ist«, wandte Meeker ein. »Es wird gleich soweit sein. Hören Sie die Sirene?«

Einer der beiden Männer richtete sich auf. »Wollen Sie, Konstabler, für den Tod dieser armen Frau verantwortlich sein?« fragte er streng. »An ihrer Stelle würde ich mein Gewissen nicht übermäßig belasten wollen, es könnte sonst sein, daß Sie bald in keine Uniform mehr passen.«

Meeker hörte zwar die Worte, aber einen richtigen Reim konnte er sich nicht darauf machen. Was hatte sein Gewissen mit seiner Uniform zu tun? Er warf Rawn einen Blick zu, und Rawn zog den Kopf zwischen die hochgestellten Schultern wie ein nasser Vogel.

Die beiden Männer hoben die Frau auf und trugen sie zur Limousine hinüber. Etwas umständlich verfrachteten sie die Verletzte in den Fond.

»Wie war noch Ihr Name, Konstabler?« fragte der eine, bevor er einstieg.

»Meeker«, sagte Fred Meeker.

»Okay, Meeker, sagen Sie Inspektor Dearborn, daß er Dr. Briesley aufsuchen soll, wenn er hier fertig ist.«

Beide Autotüren fielen sanft ins Schloß. Die Limousine rollte rückwärts, ohne daß Meeker und Rawn es sehen konnten. Selbst als sie abdrehte und stark beschleunigte, wurden sie noch immer vom drehbaren Suchscheinwerfer geblendet.

»Heh!« rief Rawn plötzlich, weil ihm etwas Wichtiges eingefallen war. »Stop! Halten Sie an!« Er lief der Limousine ein paar Schritte nach, aber als sie auf den Albert Enbankment einbog und der Motor aufheulte, blieb er stehen.

»Rasante Leute«, konstatierte Meeker hinter ihm.

Rawn stand etwas hilflos da und hielt einen Zettel in seiner Hand.

»Hm, ich kann das ja auch Snake-Eye geben«, sagte er. Das Sirenengeheul war jetzt so laut, daß jeden Moment der Streifenwagen auftauchen mußte.

Fred Meeker zeigte auf den Zettel.

»Was ist das?« fragte er.

»Eine Zeitungsnotiz«, antwortete George Rawn und gähnte. »Himmel, Arsch und Zwirn, wenn wir nicht in dieser Kneipe eine Pause gemacht hätten, wären wir vielleicht rechtzeitig gekommen, um dieses Verbrechen zu verhindern.«

»Sag ja niemandem, daß wir in der Kneipe waren, zum Teufel!« knurrte Meeker. »Immerhin wissen wir, wer's getan hat.«

»Tuberkel-Johnny? Traust du ihm sowas zu?«

»Sicher. Dem trau ich alles zu.«

Scheinwerferlicht kam aus dem Nebel. Sirenengeheul. Quietschende Reifen. Zuerst tauchte der Streifenwagen auf, dahinter ein schwarzer Vauxhall, in dem Inspektor Philander Dearborn mit roter Nase wie ein Verrückter am Steuer drehte und trotzdem fast die Kurve verpaßte und beinahe in die Themse fuhr.

»Was ist mit der Zeitungsnotiz?« fragte Meeker.

»Die hatte die Frau in der Hand. Völlig zusammengeknäuelt.«

»Was?« entfuhr es Meeker. »Und das sagst du mir jetzt erst?« Er fürchtete schon, daß ihm Rawn die Schau stehlen würde und morgen in der Abendausgabe des *Megaphon* zum Beispiel stehen könnte: ›Konstabler George Rawn und sein Partner fanden in der Nacht vom Mittwoch auf Donnerstag eine Frau, die offenbar zum Opfer eines Verbrechens geworden war.‹

2. Kapitel
Das silberne Dreieck

Inspektor Dearborn war kein Mann, der alles alleine machen wollte, um später der Lorbeeren sicher zu sein. Er hatte es sich angewöhnt, Arbeit an die Untergebenen zu delegieren, so daß sie jene Dinge für ihn erledigten, die nicht unbedingt erfolgversprechend waren. So überließ er es zum Beispiel gern seinem jüngeren Kollegen, Kriminal-Unter-Kommissar Peter Roos, die Presse zu informieren, solange es kaum etwas gab, woran die Presse hätte interessiert sein können. Also schickte er Roos vom Tatort aus ins St. Thomas Krankenhaus mit der Aufgabe, Dr. Briesly aufzusuchen und sich nach dem Befinden der Frau zu erkundigen. Er selbst zeigte eigentlich nur Interesse an der Zeitungsnotiz.

Im Schein der Innenleuchte seines Vauxhall las Inspektor Dearborn, was da auf dem zerknitterten Zettel stand. Und während er las, schien es ihm, als hätte er diese Zeitungsnotiz vor einiger Zeit schon einmal zumindest überflogen.

Es handelte sich dabei um einen kurzen Bericht, der im *Megaphon* erschienen war, und zwar über veränderte Anschauungen im Wandel der Zeit, über neue moralische Grundsätze, über alte Weisheiten, die nicht mehr zutrafen und über das »Silberne Dreieck«.

So hieß es dort unter anderem:

›. . . Selbst das »Silberne Dreieck« ist eine achtbare, ehrenwerte Einrichtung geworden. Vor noch recht kurzer Zeit sprachen wir von diesen Männern als einer »Verbrecherbande«. Belohnungen für ihre Verhaftung wurden ausgesetzt . . . Sie wurden von Scotland Yard gejagt, von Interpol gesucht. Heute ist das anders. Heute findet man über der Tür eines ruhigen Hauses in der Curzon Street ein silbernes Dreieck: das Geschäftszeichen ihres Hauptquartiers . . . Die Gejagten und Verachteten haben ein höchst vornehmes Detektivbüro gegründet . . . Wir können nur hoffen, daß ihre etwas drastischen Methoden früherer Zeiten sich gemildert haben.‹

Das wars.

Wie lange es her war, daß der Artikel erschienen war, konnte sich Inspektor Dearborn nicht entsinnen, aber er nahm sich vor, den Stier bei den Hörnern zu packen und umgehend einen Telefonanruf zu tätigen. Daß es inzwischen zwei Uhr in der Nacht war, störte ihn nicht im geringsten. Wenn ein Inspektor dazu verdammt war, in einer hundekalten Nacht wie dieser seinen Dienst zu tun, so sollten drei Privatdetektive zumindest aus ihren Träumen geweckt werden.

Inspektor Dearborn steckte den Zeitungsausschnitt ein. Durch die Windschutzscheibe hindurch sah er zu, wie die Beamten vom Yard arbeiteten. Gute Leute, konstatierte er. Man konnte sich auf jeden einzelnen von ihnen verlassen. Webster, zum Beispiel, inspizierte die Teekiste mit der Lupe, obwohl er dort unter dem Brückenbogen die Schwindsucht oder aber zumindest Läuse auflesen konnte.

Tuberkel-Johnny.

Was hatte eine Frau nach Mitternacht mit einem Landstreicher wie Tuberkel-Johnny zu tun? Oder war es ein Zufall? War sie irgendwo davongelaufen? Eine Nachtwandlerin, vielleicht? Möglich war alles. Wer so lange Polizist war wie Philander Dearborn, den überraschte nichts mehr so leicht. Nicht einmal eine Frau im Nachthemd und ohne Schuhe auf naßkalten Pflastersteinen.

Und die beiden Polizisten? Zwei gute Leute. Ein bißchen einfältig vielleicht, aber äußerst pflichtbewußt. Mehr konnte man nicht verlangen.

Allmählich lief die Scheibe des Vauxhall an, und Unter-Kommissar Roos war noch nicht vom St. Thomas Krankenhaus zurück. Roos hatte keinen Pfeffer im Hintern. Nie gehabt. Mit dem hätte man nicht einmal einen Stafettenlauf gegen Fußkranke gewinnen können. Trotzdem war er ein guter Mann. Ebenfalls pflichtbewußt. Und zuvorkommend. Er scheute keine Mühen und nichts war ihm zuviel. Solche Leute waren die besten Untergebenen.

Webster kam aus dem Nebel und brachte eine leere Ginflasche zum Vauxhall. »Scheint, als ob er nichts mehr zum Trinken gehabt hätte«, sagte er. »Da kam ihm die Frau gerade recht.«

»Sonst was in der Teekiste?«

»Nichts. Soll ich die Beschreibung durchgeben, die Meeker und Rawn abgegeben haben? Die beiden kennen den Kerl seit einiger Zeit. Die Beschreibung sollte also stimmen.«

»Veranlassen Sie das, Webster«, nickte Dearborn. »Haben Sie vielleicht eine Idee, warum Roos sich solange aufhalten läßt?«

»Soll ich jemand zum Krankenhaus schicken?«

»Gute Idee, Webster. Danke.«

»Sonst noch was, Sir?«

»Nein.« Inspektor Dearborn rollte das Fenster hoch und betätigte den Anlasser. Die Heizung funktionierte nur, wenn der Motor lief.

Von den drei Männern, die das ruhige Haus an der Curzon Street bewohnten, schlief nur einer: Poiccart.

Poiccart hatte das Zimmer im unteren Stockwerk. Eigentlich sollte es das Zimmer des Butlers sein, und gerade deswegen hatte es sich dieser bemerkenswerte Mann ausgesucht. Poiccart sah es nämlich als seine ureigenste Pflicht an, die Aufgaben eines Butlers zu übernehmen. Er war fest davon überzeugt, daß sich ein Butler in seiner distanzierten Art ein besseres Bild von einem Besucher machen konnte, als zum Beispiel der Hausherr, der sich als Gastgeber zu bemühen hatte.

So hatte auch Poiccart als einziger ein Telefon im Schlafzimmer. Das andere Telefon befand sich im Salon auf einem Tischchen aus italienischem Marmor. Nachts war es oft ausgeschaltet.

Poiccart schlief.

Leon Gonsalez studierte ein Buch von Signore Paolo Mantegazza über die »Intellektuelle Deutung des Gesichtes«, und George Manfred schrieb einen Brief an irgendeine Freundin, in dem er ihr mitteilte, daß er braungebrannt aus den Schweizer

Alpen zurückgekehrt sei, was nicht ganz stimmte, denn während der vierzehn Tage, die er in Engelberg verbracht hatte, war der Frühwinter eingebrochen, mit Schneestürmen und Graupelschauern, so daß Manfred die meiste Zeit in Kneipen verbracht hatte.

Beide hörten das Telefon klingeln, aber nur Manfred blickte auf, weil er in jeder Tages- und Nachtzeit damit rechnete, daß er von einer seiner vielen Bekanntschaften angerufen wurde. Er war eben eine auffallende, sportliche Erscheinung, der leicht Freunde gewann, im Gegensatz zu Poiccart, einem behäbigen Mann, der meistens mürrisch war und unnahbar.

»Armer Poiccart«, sagte George Manfred und grinste vor Schadenfreude. »Der einzige von uns, der früh zu Bett geht, wird dauernd aus seiner Nachtruhe gestört.«

»Er will es so«, sagte Leon Gonsalez, ohne den Blick von seinem Buch zu nehmen.

Die Tür zu Poiccarts Zimmer ging auf, und Poiccart stand im Rahmen, das Telefon auf einem silbernen Tablett, die Bettmütze schief auf seinem Kopf.

»Inspektor Philander Dearborn«, sagte er und betonte jedes Wort besonders. »Er fragt nach, ob er noch schnell vorbeisehen könnte, und bittet gleichzeitig, die nächtliche Störung zu entschuldigen. Es sei von äußerster Dringlichkeit.«

Leon Gonzales und George Manfred wechselten einen Blick. Manfred hob die Brauen.

»Snake-Eye?« fragte er und strich sich mit den Fingern über den fein getrimmten Schnurrbart. »War nicht er es, der öffentlich behauptet hat, daß sich unsere Geschäftsmethoden nicht immer mit dem Gesetz vereinbaren ließen und er sich deshalb strikt weigere, mit uns zusammenzuarbeiten?«

»Genau der ist es«, bestätigte Leon Gonzales, legte das Buchzeichen sorgfältig ein, klappte das Werk des italienischen Gelehrten zu und erhob sich. Er war ein schlanker Mann mit einem schmalen Gesicht und dunklen, intelligenten Augen, die nie Ruhe zu finden schienen. Allzuoft umspielte ein wissendes Lächeln seine Lippen, wenn andere noch im Dunkeln tappten.

Ohne ihn, das wußten Poiccart und Manfred, würde es kein Silbernes Dreieck geben. Und Gonzales wußte, daß dies ohne die anderen genauso der Fall gewesen wäre.

»Darf ich Dearborn gefälligst eine Antwort übermitteln, Gentlemen?« fragte Poiccart etwas ungehalten.

»Sag ihm, daß wir ihn erwarten«, sagte Gonzales.

Poiccart verschwand mit dem Telefon in seinem Zimmer und durch die Tür hindurch hörten sie ihn sagen: »Die Herren freuen sich auf Ihren Besuch, Sir.«

Obwohl er zu solch später Stunde einen Besuch machen wollte, dachte Inspektor Dearborn nicht im entferntesten daran, Blumen mitzubringen. Auf der Fahrt in die Curzon Street hatte er sich fest vorgenommen, höflich zu sein, aber keineswegs freundlich. Er wollte diesen drei selbstgerechten Burschen, die sich einem zwielichtigen Geschäft verschworen hatten, schon zeigen, wer in dieser Stadt für Recht und Ordnung zu sorgen hatte.

Verbrecher waren sie einmal gewesen, zunächst vier. Dann starb einer. Dearborn erinnerte sich noch daran, als ob es gestern gewesen wäre. Die restlichen drei bestraften den Mörder auf ihre Art. Sie töteten ihn und behaupteten später, dem Henker nur eine Arbeit abgenommen zu haben. Überführt konnten sie nicht werden.

Eingebildet waren sie alle drei. Glaubten, die alten Gesetze taugten nichts mehr. Sie würden sich noch wundern. Niemand konnte sich auf die Dauer mit Scotland Yard anlegen. Auch das Silberne Dreieck nicht.

Er parkte den Vauxhall vor dem Haus. Der Nebel hier in der Curzon Street war nicht so dicht wie unten an der Themse. Trotzdem konnte der Inspektor die gegenüberliegenden Häuser nur schemenhaft erkennen. Er nahm ein Fläschchen aus dem Handschuhfach, legte den Kopf nach hinten über die Rücklehne der Sitzbank und träufelte sich Tropfen in die gerötete Nase. Er wartete einige Minuten, bis er einigermaßen frei atmen konnte, dann verstaute er das Fläschchen wieder im Handschuhfach, nahm seinen Revolver heraus und steckte ihn in die Manteltasche.

Sicher ist sicher, dachte er. Er drückte die Autotür hinter sich leise ins Schloß und ging auf die Tür zu, über der das silberne Dreieck matt glänzte.

Gonsalez, Manfred und Pioccart. Das waren die Namen. Eigentlich hätte man sie vor Jahren hängen sollen. Inspektor Dearborn blieb vor der Tür stehen und wunderte sich, wie leicht er mit diesem häßlichen Gedanken fertig wurde.

Er zog den rechten Handschuh aus, ballte die Hand zur Faust und wollte so hart wie möglich anklopfen, um sofort den Bewohnern Klarheit über die Art seines Besuches zu verschaffen. Bevor jedoch seine Knöchel die massive Eichentür berührten, ging diese lautlos nach innen auf, und im warmen Licht eines Kronleuchters stand eine dunkle massige Gestalt im schwarzen Anzug.

»Die Herren erwarten Sie im Salon, Inspektor«, sagte eine dunkle Stimme, und die Gestalt deutete eine kleine Verbeugung an.

Dearborn trat ein. Der Mann, den er für den Butler hielt, schloß die Tür hinter ihm genauso lautlos, wie er sie geöffnet hatte.

»Darf ich Ihnen Hut und Mantel abnehmen, Sir?«

»Den Hut, bitte sehr«, sagte Dearborn bestimmt. »Den Mantel behalte ich an, mein lieber Freund. Ich habe nicht die Absicht, mich länger als unbedingt notwendig in diesem Haus aufzuhalten.«

»Wie Sie wünschen, Sir«, sagte der Mann mit unbewegtem Gesicht. »Bitte, folgen Sie mir.«

Wieder verbeugte er sich, bevor er dem nächtlichen Gast voran durch die Halle ging und eine weißlackierte Tür öffnete. Dahinter befand sich der Salon des Hauses, ein gediegener Raum mit zwei, drei auserlesenen Möbelstücken aus der viktorianischen Zeit, einem Flügel, auf dem Beethovens Büste in Marmor stand, einem großen Gobelin an der Wand und einigen goldgerahmten Bildern holländischer Meister. Dearborn war sich im Moment nicht im klaren darüber, ob die drei Protzen ihren Reichtum mit Verbrechen ergaunert oder als Privatdetektive verdient hatten.

Es war Leon Gonsalez, der sich aus dem schweren Ledersessel erhob und auf Dearborn zuging, beide Hände ausgestreckt, so, als wäre der Inspektor ein alter Freund von ihm.

»Philander Dearborn«, lachte er. »Es freut uns ungemein, daß Sie kommen konnten, Inspektor. Meine Partner und ich werden uns Mühe geben, Ihren Besuch hier so angenehm wie möglich zu gestalten. Wie ich sehe, wurden auch Sie nicht von dieser frühwinterlichen Influenza verschont, die London zur Zeit förmlich terrorisiert.«

»Schnupfen«, sagte Dearborn kühl. »Nicht unbedingt so schlimm.«

»Darf ich Ihnen einen Glühwein anbieten, Verehrtester?« sagte Leon Gonsalez mit der zuvorkommenden Höflichkeit eines wahren Gentlemans. »Poiccart wird es eine Ehre sein, Ihnen seinen besten Zimtwein zu servieren, nicht wahr, Poiccart?«

Poiccart, der still bei der Tür stehen geblieben war, nickte schwach, ohne daß sich in seinem stoischen Gesichtsausdruck etwas änderte. »Die Wünsche unserer Gäste sind mir immer Befehl«, sagte er kühl.

Inspektor Dearborn ließ sich nicht anmerken, wie sehr er von Poiccart getäuscht worden war. Er lehnte es ab, irgend etwas zu trinken, und wollte auch nicht Platz nehmen.

George Manfred, der seinen Brief in den Umschlag gesteckt und versiegelt hatte, erhob sich. Über den Umschlag hinweg musterte er Philander Dearborn, der blaß aussah, müde und verschnupft.

»Wir sind keine Unmenschen«, sagte Manfred schließlich und lachte anzüglich. »Wir beißen nicht, Inspektor, schon gar nicht jemand vom Yard.«

Philander Dearborn hob die Brauen. »Damit kein falscher Eindruck entsteht, Gentlemen, ich bin nicht aus freien Stücken hergekommen, um aus lauter Muße gesellschaftliche Unterhaltung zu pflegen. Ich kenne die Vergangenheit des Silbernen Dreiecks, und ich nehme an, daß Ihnen meine Meinung über Sie bekannt ist. Ich mache keinen Hehl daraus, daß mir dieser Besuch keineswegs Freude macht.«

»Was hat das alles mit meinem Zimtwein zu tun?« fragte Poiccart von der Tür her. »Den biete ich um diese Jahreszeit selbst dem Briefträger an, Dearborn.«

»Inspektor Dearborn, wenn ich bitten darf.«

»Oh, entschuldigen Sie, Inspektor, Sir.« Poiccarts Augen blieben kalt, sein Gesicht ohne Ausdruck. »Warum sagen Sie uns nicht, warum Sie hergekommen sind? Ich nehme an, daß Sie Hilfe brauchen.«

Inspektor Dearborn kniff die Augen etwas zusammen. Es paßte ihm nicht, wie man ihn hier freundschaftlichst in die Enge trieb, ohne daß er etwas dagegen tun konnte. Vielleicht hätte er doch besser Roos hergeschickt. Oder Webster.

»Erlauben Sie mir, Ihnen einige Fragen zu stellen«, sagte er, und er hütete sich, Poiccart noch einmal anzusehen.

»Fragen?« Leon Gonsalez lächelte. »Bedenken Sie, daß wir von nichts wissen, Verehrtester. Wir sind Privatdetektive, und *wir* sind gewohnt, die Fragen zu stellen.«

»Well, warum sollten wir den guten Inspektor keine Fragen stellen lassen«, sagte George Manfred mit leisem Spott in der Stimme. »Auf die Antworten kommt es an, nicht wahr, Inspektor?«

»Schießen Sie los«, forderte Leon Gonsalez den Mann von Scotland Yard auf.

Dearborn legte den Kopf schief. Für einen Moment wußte er nicht einmal, wo er anfangen sollte. Schließlich setzte er sich doch auf den Stuhl, den ihm Gonsalez angeboten hatte, seufzte und gab zu, daß es um einen Fall ging, bei dem er vom Silbernen Dreieck wenn auch nicht unbedingt Hilfe, so doch einige Informationen erwartete, die ihn weiterbringen konnten.

»Wie weit sind Sie denn, Inspektor?« fragte Leon und damit war er es, der anfing, Fragen zu stellen. Ein Umstand, der sofort dazu führte, daß sich die Atmosphäre im Raum entspannte.

»Nicht weit«, sagte Dearborn. »Wir haben eine Frau, die von

einem Vagabunden niedergeschlagen wurde. Der Vagabund ist verschwunden, und die Frau ist, neuesten Ermittlungen zufolge, ebenfalls verschwunden.«

Manfred lachte. »Somit bleibt Ihnen gar nichts, Dearborn.«

Der Inspektor runzelte die Stirn. Ohne auf die Anspielung Manfreds einzugehen, fing er an zu erzählen. Da es kaum etwas von Bedeutung zu verschweigen gab, verschwieg er nur den Namen des Penners, der flüchtig war, und die Namen der beiden Konstabler, die die Frau gefunden hatten. Den Rest der Geschichte erzählte er wahrheitsgetreu, allerdings zögerte er, als er gestehen mußte, daß ihnen die verletzte Frau abhanden gekommen war.

»Dr. Briesley?« sagte Leon Gonsalez nachdenklich. »Schon einmal gehört, den Namen. Weiß nur nicht, wo ich ihn unterbringen könnte.«

»Auf jeden Fall gibt es weder im St. Thomas Krankenhaus noch in einem anderen Krankenhaus Londons einen Dr. Briesley. Wir haben auch die Kartei der Privatärzte überprüft. In ganz London und Umgebung praktiziert kein Dr. Briesley.«

»Das könnte bedeuten, daß die Frau in die Hände ihrer Verfolger gefallen ist«, sagte Manfred sofort. »Das haben doch die beiden Konstabler ausgesagt, nicht wahr?«

»Bitte?« fragte Dearborn, der nicht wußte, worauf Manfred hinauswollte.

»Die Tasche«, sagte Gonsalez. »Die Männer aus der Limousine haben doch nach einer Tasche gefragt. Das läßt darauf schließen, daß sie die Frau doch zumindest gekannt haben und daß sie ihr auf den Fersen waren. Zufall kann es nicht sein, daß die Limousine mit den drei Männern kurz vor Ihnen am Tatort auftauchte.«

»Einer der Konstabler hat bemerkt, daß die Füße der Frau wundgelaufen waren. Sie muß einen weiten Weg gerannt sein.«

»Nicht unbedingt«, sagte Poiccart. »Eine junge hübsche Frau hat meistens auch junge, hübsche Füße ohne Hornhaut.«

»Stimmt«, grinste Manfred. »Ich kenne Mädchen, die Blasen kriegen, wenn sie mit nackten Füßen auf Plüsch tanzen.«

Inspektor Dearborn konnte über den Scherz Manfreds nicht einmal schmunzeln. Man sah ihm deutlich an, daß er nicht viel von Männern hielt, die allein durch ihr Aussehen bestechen konnten.

Leon Gonsalez entschuldigte sich für Manfred, sagte, daß dieser eben noch jung sei und Feuer im Blut hätte. Dann wollte er wissen, wieso denn Dearborn überhaupt hierher gekommen sei. »Ich glaube, Sie verschweigen uns das Wichtigste in diesem Fall, Verehrtester«, sagte er und drohte beinahe schulmeisterhaft mit dem Zeigefinger.

»Oh«, sagte Dearborn und holte den Zeitungsausschnitt aus der Manteltasche. »Hier. Dies fand einer der beiden Polizisten zusammengeknüllt in der verkrampften Hand der Frau. Ein Zeitungsausschnitt, der von Ihnen berichtet und in dem Ihre Adresse abgedruckt ist: Curzon Street.«

Leon Gonsalez und Poiccart wechselten einen schnellen Blick. Dann überflog Gonsalez die gedruckten Zeilen.

»Vor acht Monaten im *Megaphon* abgedruckt«, sagte Poiccart, und er brauchte dabei sein Gedächtnis nicht zu überanstrengen. Er erinnerte sich genau an den Bericht, weil er sich damals schon darüber geärgert hatte, daß ihre Adresse sozusagen sämtlichen Verbrechern mit der Zeitung frei Haus geliefert wurde. Jemand hätte ja aus reiner Rachelust eine Bombe legen können.

»Well!« Inspektor Dearborn stand auf.

Leon Gonsalez blickte auf und gab ihm den Zeitungsausschnitt zurück. »Scheint, als ob die Frau auf dem Weg hierher gewesen wäre«, sagte er.

Dearborns Augen wurden schmal und lauernd.

»Und?« fragte er.

Gomsalez lächelte. »Nichts und, Verehrtester. Falls Sie angenommen haben, wir würden die Frau kennen, ja sogar ihren Namen wissen, dann haben Sie sich geirrt.«

Schon wieder, dachte Dearborn, und die Enttäuschung stand ihm in das hagere Gesicht geschrieben. Für einen Moment sah er aus, als hätte er die Tropfen verschluckt, die für seine Nase bestimmt waren. Schließlich hob er die Schultern. »Da kann man wohl nicht viel machen, oder?« sagte er, und man merkte ihm erst jetzt an, wie müde er eigentlich war. »Sie können sich auch nicht vorstellen, wer die drei Männer in der Limousine gewesen sein könnten?«

»Vorstellen können wir uns das eventuell schon«, sagte Leon Gonsalez so ruhig, daß es ihm gelang, den guten Inspektor aus der Fassung zu bringen.

»Na!« rief Dearborn aus. »Dann wäre ich Ihnen sehr verbunden, wenn Sie mit Ihrer Vermutung nicht zurückhalten würden, Gonsalez!«

Leon schüttelte den Kopf. »Entschuldigen Sie, Verehrtester«, sagte er, »aber ich glaube nicht, daß ich Ihnen auch nur verraten würde, wo der Osterhase die Eier versteckt hat.«

Inspektor Dearborns Gesicht rötete sich etwas. Seine kleinen Schlangenaugen funkelten. »Sie sind als Bürger dieser Nation verpflichtet, zur Klärung eines Verbrechens beizutragen, und zwar mit allem, was sie wissen . . .«

»Verpflichtet bin ich zu gar nichts, Inspektor Dearborn«, schnitt ihm Leon das Wort ab. »Ich wäre allerdings nicht abgeneigt, Gedanken auszutauschen, falls dies zur Aufklärung des Falles erforderlich wird. Und damit Sie guten Willen bezeugen können, nennen Sie mir doch bitte den Namen des Penners, der die Frau niedergeschlagen haben soll.«

»Es läuft eine Fahndung nach ihm. Wahrscheinlich erwischt man ihn noch in dieser Nacht.«

»Das dürfte mich nicht überraschen«, sagte Leon mit leisem Spott in der Stimme. »Sie wollen mir also den Namen nicht preisgeben, Verehrtester?«

»Hm. Es ist ein Spitzname, mehr nicht.«

Leon Gonsalez lächelte und wandte sich an Poiccart. »Ich glaube, Inspektor Dearborn möchte jetzt gehen«, sagte er bestimmt.

»Tuberkel-Johnny!« stieß Philander Dearborn zwischen den Zähnen hervor. »So nennt man ihn.«

Leon Gonsalez nickte anerkennend. »Sehen Sie, Verehrtester, es ist gar nicht so schwer, mit uns zurechtzukommen. Sobald wir Näheres wissen, geben wir Ihnen Bescheid. Gute Nacht, Sir.«

Poiccart öffnete die Tür und machte eine ausladende Armbewegung. »Darf ich bitten, Inspektor«, sagte er, und Philander Dearborn zögerte nicht einen Moment, der Aufforderung nachzukommen. Irgendwie war er froh, daß er endlich wieder aus dem Haus war. Fast war er davon überzeugt, daß er eben den größten Fehler seines Lebens gemacht hatte, indem er sich diesen drei ausgekochten Halunken anvertraut hatte.

3. Kapitel
Die geheimnisvolle Frau

Margaret Stamford erinnerte sich nur noch daran, daß sie auf die Brücke zugerannt war. Sie hatte sich darunter verstecken wollen, war aber nur bis zu der alten Parkbank gekommen. Dort hatten sie die Kräfte verlassen.

Sie erwachte noch im Fond der Limousine, und obwohl es dunkel war, konnte sie das breite aschgraue Gesicht von Emil erkennen, der sich über sie beugte und ihr ein Fläschchen mit Riechsalz unter die Nase hielt.

Der beißende Geruch weckte ihre Lebensgeister. Mit Schrekken erkannte sie, daß ihre Flucht mißglückt war. Sie befand sich wieder in der Gewalt der Männer, die Letherson mit dem Auftrag ausgeschickt hatte, sie nach Harlow zurückzubringen.

Emil grinste, als er merkte, daß sie aus ihrer Ohnmacht aufgewacht war.

»Willkommen unter den Lebenden, Ma'am«, sagte er und steckte das Fläschchen mit dem Riechsalz ein. »Mister Letherson wird höchst erfreut sein, Sie wohlbehalten zurückzukriegen, nicht wahr?«

»Wo sind wir?« fragte sie und versuchte, sich aufzurichten.

»Auf dem Weg nach Harlow Ma'am«, erklärte Emil. »Schon bald graut der neue Tag. Sie müssen furchtbar müde sein, Ma'am. Und die Schmerzen.«

Schmerzen? Erst jetzt merkte Margaret, daß sie tatsächlich Schmerzen hatte. Die Füße brannten, und es gab kaum eine Stelle an ihrem schlanken Körper, die nicht weh tat. Sie erinnerte sich, daß sie eine halbe Nacht gelaufen war, zuerst querfeldein bis zur Hauptstraße, dann über kalten Asphalt und nasses Kopfsteinpflaster.

Die Tasche fiel ihr ein. Sie tastete um sich, aber die Tasche war nicht da. Und der Zeitungsausschnitt? Hatten sie womöglich den kleinen zerknitterten Knäuel in ihrer Hand entdeckt? Der Gedanke jagte ihr kaltes Entsetzen ein. Wenn sie erfahren hatten, wohin sie hatte fliehen wollen, dann war alles aus. Dann brauchte sie nie mehr zu versuchen, ihren Peinigern zu entkommen.

Dann gab es keine Hoffnung mehr, jemals wieder frei zu sein, und sie hätte ebensogut am Ufer der Themse sterben können.

Sterben? Hatte sie nicht Mark gesehen, wie er unter der Brücke hervorkam, den Mantelkragen hochgeschlagen, mit wächsernem Gesicht, so als ob er eben seinem Grab entstiegen wäre?

Konnte es doch sein, daß Mark gar nicht tot war?

Niemals! Sie hatte seine frischrasierten Wangen geküßt, als er im Totenzimmer aufgebahrt lag. Daran erinnerte sie sich genau, an die glatte, leicht gepuderte Haut, die zu ihrer Überraschung eiskalt war.

»Jemand hat mich niedergeschlagen«, sagte sie.

Emil lächelte. Er hatte ein ekelhaftes Lächeln, halb mitleidig, halb spöttisch. Sie mochte ihn nicht. Sie mochte keinen von ihnen, schon gar nicht den Mann hinter dem Steuer, der sogar nachts eine Brille trug, weil er furchtbar lichtempfindliche Augen hatte, die ständig gerötet waren. Dieser Mann hieß Kaster. Frank Kaster. Er war der Mann, dem die anderen gehorchten. Oberaufseher nannte ihn Lewis Letherson.

»Jemand kam unter der Brücke hervor und hat versucht, mir die Tasche zu entreißen«, stieß Margaret hervor.

Jetzt blickte der andere zurück, der neben Frank Kaster saß. Er legte einen Arm über die lederbezogene Rücklehne und starrte Margaret nur an.

»Versucht?« fragte Emil. »Sie *ist* verschwunden.«

»Der Mann hat sie mir entrissen.«

»Der Mann?«

»Der Mann, der unter der Brücke hervorkam.«

»Ihr Mann, Ma'am?« Emil grinste noch dämonischer. »Haben Sie schon wieder Ihren seligen Mann gesehen?«

»Es war nicht mein Mann. Es war ein anderer. Ein einäugiger Mann.«

»Wir haben dort, wo wir Sie gefunden haben, keinen Mann gesehen«, sagte Emil. »Wir haben überhaupt keine Menschenseele gesehen.«

»Und wer hat mich niedergeschlagen?«

»Vielleicht, Ma'am, vielleicht sind Sie gestürzt.«

»Oh«, entfuhr es Margaret Stamford in ihrer Verzweiflung. Niemand glaubte ihr, seit Mark das Zeitliche gesegnet hatte. Niemand wollte ihr glauben. Man hielt sie für verrückt, weil sie nachts aufwachte und Mark am Fenster sah. Sie wurde Tag und Nacht bewacht. Von Emil und den anderen. Sie war eine Gefangene im eigenen Haus, und der Mann, der für alles verantwortlich war, lebte als geachteter Gentleman standesgemäß in einem der besten Viertel Londons. Sie durfte nicht daran denken. Sie haßte Lewis Letherton. Er war ein Teufel.

Margaret Stamford versuchte, einen Blick aus dem Seitenfenster zu werfen, aber es war stockdunkel draußen. Der Bentley war von der asphaltierten Hauptstraße abgebogen und holperte den alten Karrenweg entlang, der zum Haus führte, weit draußen im Land, wo es keine anderen Häuser gab.

Unbemerkt glitt Margarets Hand zum Türgriff. Sie war verzweifelt genug, einfach aus der Limousine zu springen. Bei voller Fahrt. Lieber wollte sie sterben, als noch einmal in diesem Haus eingekerkert zu sein, in dem sie einmal so glücklich gewesen war.

Der chromblinkende Türgriff war kalt. Einen Moment zögerte sie. Dann zog sie heftig daran, und die Tür schwang auf. Margaret ließ sich einfach zur Seite fallen . . .

Keiner der drei hatte eine Ahnung, wer die Frau hätte sein können, die bei der Lambeth Bridge von den beiden Konstablern aufgefunden worden war.

»Immerhin habe ich Dearborn glauben gemacht, daß wir einen leisen Verdacht haben«, sagte Leon Gonsalez am nächsten Morgen beim Frühstück. In der Morgenausgabe des *Megaphon* stand kein Wort über den Fall. Wahrscheinlich war die Nachricht zu spät in der Redaktion eingetroffen.

Poiccart fiel sofort auf, daß Leon an diesem Morgen nicht rasiert war, was Poiccart natürlich für eine grobe Nachlässigkeit hielt oder sogar einen Verstoß gegen die strengen Sitten des kleinen Hauses an der Curzon Street.

Hier kam niemand unrasiert zum gedeckten Tisch, solange er Frühstück machte und sogar zu dieser Jahreszeit dafür sorgte, daß frische Blumen in der chinesischen Vase standen. Blaue Astern.

»Der Fall ist eigentlich gar kein Fall«, sagte Manfred, der seinen seidenen Morgenmantel trug, mit den aufgestickten Buchstaben G M, wunderbar ineinander verschlungen.

»Haben wir zur Zeit überhaupt einen Fall, oder bleibt uns nichts als ein Spaziergang im herbstlichen Park, ein Besuch beim Pferderennen und Bridge?« fragte Leon Gonsalez.

»Wir haben die Sache mit Lord Dempsey«, sagte Poiccart.

»Eine Überwachung. Nichts Besonderes. Wahrscheinlich wird daraus nie ein Fall.«

»Lord Dempsey ist ein großzügiger Auftraggeber«, sagte Manfred und trank von seinem Kaffee. »Ich darf vielleicht daran erinnern, daß wir laufende Ausgaben haben.« Manfred streifte das frische Blumenbouquet in der Vase mit einem vielsagenden Blick, den Poiccart mit einem flüchtigen Lächeln quittierte. Poiccart lächelte selten, und wenn schon einmal, dann höchstens am Frühstückstisch.

Leon fuhr sich mit der Hand über das stoppelbärtige Kinn. Es gab ein kratzendes Geräusch, und das Lächeln in Poiccarts Gesicht erstarrte. »Heute scheint ein ganz besonderer Tag zu sein«, sagte er nicht gerade freundlich.

Leon blickte auf, sah zuerst Poiccart an und dann Manfred. Beide wichen seinem Blick aus.

»Well«, sagte er. Mehr nicht. Es kam keine Unterhaltung mehr auf, bis sie mit dem Frühstück fertig waren. Poiccart ging in die Küche. Manfred setzte sich mit der Zeitung ans Fenster, und Leon Consalez verschwand kurz in seinem Zimmer und verließ wenig später das Haus, den Hut auf dem Kopf und den Mantel über dem Arm.

Poiccart blickte ihm aus dem Küchenfenster verstohlen nach, bis Leon an der Häuserecke ein Taxi heranwinkte.

Für die anderen Penner war der Mann ein Fremder. Er schlurfte den Albert Kai entlang, die Hände in die Taschen des zerschlissenen schwarzen Mantels gesteckt, den Kopf gesenkt wie einer jener Menschen, die das Licht des Tages scheuen und trotzdem unterwegs sind, weil sie irgend etwas Brauchbares zu finden hoffen. Man nennt sie Penner. Vagabunden. Tramps. Landstreicher. Sie wohnen in Parks, unter Brücken, in dunklen, feuchten Winkeln, manchmal im Bahnhof oder bei der Heilsarmee. Die meisten von ihnen haben eine Geschichte zu erzählen, von Unglück und Leid, von großen Enttäuschungen, vom Krieg und von einem Mädchen, das ihnen das Herz gebrochen hat. Manche sind harmlos, andere nicht so sehr.

Der Mann, der allein den Kai entlangschlurfte, manchmal stehenblieb und in ein schmutziges Taschentuch hineinhüstelte, erfand eine solche Geschichte. Denn sein Leben war anders verlaufen als das eines typischen Penners.

Der Mann war Leon Gonsalez. Seine Kleider waren aus einem Kostümverleih an der Jermyn Street. Die ältliche Lady dort hatte ihm versichert, daß sie das letztemal von Sir Francis Claredon getragen worden waren, und zwar für ein Stück von Shakespeare.

Sir Francis Claredon, der berühmte Theaterschauspieler. Leon Gonsalez gehörte zu dessen glühendsten Verehrern und wünschte sich insgeheim schon lange, ihn einmal persönlich kennenzulernen.

Da Leon nicht annahm, daß Tuberkel-Johnny zum Ort seiner Schandtat zurückkehren würde, wollte er seine Suche nach dem einäugigen Vagabunden unter der Westminster Bridge beginnen. Schon von weitem fiel ihm allerdings der schwarze Vauxhall auf, der im Parkverbot stand, und zwar halb auf dem Bürgersteig.

Es schien tatsächlich, als ob eine von Inspektor Philander Dearbons ausgeprägtesten Charaktereigenschaften die Rücksichtslosigkeit wäre, denn er behinderte mit seinem Gefährt nicht nur den übrigen Verkehr, sondern auch die Fußgänger und die Ambulanz, denn die Schnauze des Vauxhalls ragte in die Auffahrt der Notaufnahme des St. Thomas Krankenhauses hinein.

Leon zog es vor, eine andere Gegend aufzusuchen, aber als er die Belvedere Road hinuntergehen wollte, folgten ihm schon ein uniformierter Polizist und ein Mann in Zivil, der einen hellen Trenchcoat trug und einen Hut.

»Heh!« rief der Polizist. »Halten Sie mal gefälligst an, Mister!«

Leon blieb stehen, drehte sich aber nicht um. Er hörte den Atem der beiden, die schnell auf ihn zukamen. Der Polizist packte ihn am Arm.

»Wo kommst du her, Alter?« fragte er.

Leon hustete, zeigte ungefähr nach Südosten.

»Hm. Unter welcher Brücke bist zu zu Hause?«

»Keine Brücke«, hüstelte Leon. Er drückte das Taschentuch vor den Mund, so daß es sein Gesicht halb verdeckte.

»Er hat zwei Augen«, sagte der Polizist zu dem Mann in Zivil, der aussah, als hätte er die Nacht nicht geschlafen.

»Roos«, sagte er. »Scotland Yard. Wir suchen nach einem Mann, den man Tuberkel-Johnny nennt.«

Leon hob kurz den Blick. Roos war ein noch junger Mann, der nett aussah. Zu nett, um Dearborn zum Chef zu haben, dachte er.

»Ich kümmere mich nicht um die anderen«, sagte Leon. »Und ich kenne keinen, der Tuberkel-Johnny heißt.«

»Und wie heißt du?« fragte Roos.

»Finkley. So heiße ich. Und man nennt mich Monk. Monk Finkley.«

»Bist du krank?« fragte der Polizist. »Ich meine, ob du die Schwindsucht hast? Kommt Blut, wenn du hustest?«

»Gesund bin ich«, sagte Leon mit krächzender Stimme. »Kerngesund. Aber nen Shilling könnt ich brauchen.«

Sie gaben ihm keinen Shilling, aber dafür ließen sie ihn gehen. Leon Gonsalez freute sich, daß seine Verkleidung so gut war. Vielleicht hätte ihn nicht einmal Dearborn erkannt.

Die Gegend um den Waterloo-Bahnhof war eine finstere Gegend. Besonders nachts konnte man dort seines Lebens nicht sicher sein, und es gab keinen anständigen Menschen, der es gewagt hätte, sich nach Einbruch der Dunkelheit noch in der Nähe des Bahnhofs aufzuhalten.

Ein Mann, der in einem verlassenen Bretterschuppen beim Güterbahnhof hauste, gab Leon Gonsalez einen Tip.

»Die Absteige heißt Birdcage Inn, und die Frau nennt sich Gloria. Vielleicht findest du ihn dort.«

Leon Gonsalez gab dem Mann ein Trinkgeld.

Der Mann schüttelte die Münzen in der geschlossenen Hand und sagte, daß die anderen nicht so viel gegeben hätten.

»Welche anderen?«

»Die beiden, die überall nach Tuberkel-Johnny fragten.«

»Wer waren sie?«

»Keine Ahnung. Der eine war ein magerer kleiner Kerl mit einer Sonnenbrille. Ich habe ihn dort drüben gesehen.« Der Mann zeigte zu einem Güterschuppen hinüber, wo unter der Verladerampe ein paar seiner Kumpels hausten. In einem alten Teerfaß brannte ein Feuer, und manchmal klang Männerlachen herüber; eine Flasche machte die Runde.

»Zuerst haben sie Perkins gefragt. Aber der hat nichts gesagt. Der sagt nie was, weil man ihm unten in Afrika oder wo die Zunge aus dem Mund geschnitten hat.« Der Mann kicherte. »Dann kamen sie herüber. Der mit der Sonnenbrille und der andere, der ein graues Gesicht hatte, wie mit Asche gepudert. Es war schon dunkel, und genau habe ich nichts gesehen, außer dem Geldstück, das der eine vor meine Nase hielt. Und da habe ich ihm gesagt, daß Tuberkel-Johnny ab und zu Gloria besucht, drüben bei den Docks.«

»Ist das alles?«

»Ja. Sie haben noch nach einer Tasche gefragt, aber davon

weiß ich nichts. Johnny kam heute früh her, ziemlich durcheinander. Er konnte hier nirgendwo einen Platz finden, und da haute er ab.«

»Hatte er eine Tasche bei sich? Eine Damen-Handtasche?«

»Hm. Das könnte schon sein. Er hatte ein Bündel unterm Arm, in eine Zeitung eingewickelt. Aber ich weiß nicht, was es war. Dachte, vielleicht hat er eine leere Flasche drin, für die's Pfand gibt. Oder sowas. Ich habe nicht gefragt. Tut mir leid.« Der Mann schneuzte sich in den Ärmel seines Mantels. »Was ist mit ihm?« fragte er. »Von dem will doch niemand was. Der hat doch die Schwindsucht.«

»Weißt du die Adresse von dieser Absteige?« fragte Leon.

»Nein. Ich weiß nur, daß sie drüben bei den Docks ist. Draußen in Rotherithe. Mann, dort drüben im Bahnhof kannst du im Telefonbuch nachsehen.«

Leon Gonsalez beeilte sich, der Aufforderung des Mannes nachzukommen. Im Telefonbuch allerdings fand er kein Birdcage Inn. Der Beamte von der Auskunft wollte die Polizei rufen, als er Leon in die Schalterhalle eilen sah. Leon überzeugte ihn aber von seiner Harmlosigkeit. Er suche nach einem alten Kriegskamerad, sagte er, der im Birdcage Inn wohne. Der Beamte fand das Etablissement im Branchenverzeichnis. Redriff Road 33. Kein Telefon.

Leon bedankte sich für die Auskunft und verließ den Bahnhof. Normalerweise ließ er sich nicht so leicht aus der Fassung bringen, aber seit er um Tuberkel-Johnnys Leben fürchtete, war er nicht mehr der alte. Dabei kannte er den Penner noch nicht einmal.

Lewis Letherson kam nur noch selten nach Harlow, seit er verheiratet war. Er bewohnte eines der großen, kostspieligen Herrschaftshäuser der Lower Berkeley Street, genauso, wie es sich für einen erfolgreichen Geschäftsmann gehörte.

Vor wenigen Monaten erst hatte er sich eine junge, hübsche und temperamentvolle Ungarin zur Frau genommen. Lilla nannte er sie. Lilla ist Paprika, scherzte er manchmal. Niemand konnte verschwenderischer mit Geld umgehen als Lilla. Sie ließ eine ungarische Künstlerin nach London kommen, um die Decke im Boudoir zu bemalen. Ein Künstler aus Florenz arbeitete seit Wochen an einem Mosaikboden in der Halle. Sie trug schon seit Mitte August Nerz, wenn sie ausging, Schuhe aus Schlangenleder, erlesenen Goldschmuck mit Brillanten.

Lewis Letherson konnte sich eine Frau wie Lilla leisten. Und das machte ihn stolz.

Wenn er nach Harlow kam, dann in seinem weinroten Rolls Royce mit der eingebauten Bar. Und er kam immer nur nachts, brachte nie seine Frau mit, dafür einen wunderschönen Dalmatinerrüden, der auf den Namen Ken hörte; Ken für Kensington.

»Kaster schon zurück?« fragte Letherson den Pförtner, einen starkknochigen Mann mit eckigem Kinn und engstehenden Augen.

»Noch nicht, Sir«, sagte der Pförtner mit einem Seitenblick auf Ken, der ihn leise anknurrte.

»Ruhe, Ken«, befahl Lewis Letherson seinem Hund, und Ken gehorchte.

Es war ein altes Haus da draußen in Harlow, ruhig gelegen, weit ab von der Hauptstraße. Hier hielt Letherson Margaret Stamford gefangen, und er brauchte sich keine Sorgen zu machen, daß man sie jemals entdecken würde. Hierher kam niemand. Nicht einmal der Postbote. Die »Angestellten« hatte er persönlich ausgesucht, und bis auf die Putzfrau, die wöchentlich einmal herkam, wohnten alle im Haus.

Lewis Letherson sah sich kurz in der Halle um. Sie war kahl und kalt. Früher hatten an den Wänden teure Bilder gehangen. Früher war das ganze Haus mit prächtigsten Stilmöbeln bestückt gewesen, mit Teppichen aus Persien und China, mit einer Sammlung alter asiatischer Waffen, mit Kronleuchtern und Marmorstatuen. Davon war jetzt nicht mehr viel übrig geblieben, denn das meiste hatte Lewis Letherson in seiner Stadtvilla und in seinem Landhaus untergebracht. Nur das Zeug, an dem Lilla keinen Gefallen fand, war noch da.

Es war still im Haus. Unheimlich still.

Herr Letherson ging die Treppe hinauf. Im ganzen Haus waren alle Türen zu. Abgeschlossen. Und trotzdem war Margaret die Flucht gelungen. Dank einer Nachlässigkeit, die Kaster zu verantworten hatte. Er hatte vergessen, im Badezimmer das Fenster zu verriegeln und abzuschließen. Außerdem hatte ihm Letherson schon vor Wochen den Befehl gegeben, das Efeugewächs an der Nordseite des Hauses entfernen zu lassen. Margaret war aus dem Badezimmerfenster geklettert und an den starken alten Efeuranken hinuntergelangt.

Kaster würde alles daran setzen, seinen Fehler wieder gutzumachen. Dessen war sich Letherson gewiß.

Oben, im zweiten Stock, hielt Theo Wache. Auf Theo war Verlaß. Er hatte lange genug in Dartmoor Dienst getan. Entlassen hatte man ihn aufgrund seines gewalttätigen Charakters, was allerdings nicht in seinen Entlassungspapieren stand.

Lewis Letherson ging auf die Tür zu, die ein kleines Guckloch hatte.

»Wie geht es ihr?« fragte er den davorstehenden Theo.

»Emil hat ihr zur Beruhigung eine Spritze gegeben«, gab Theo zur Antwort. »Ich hatte alle Hände voll zu tun mit ihr, Sir. Sie hat sich gewehrt wie eine Katze, als wir sie wieder ins Auto zerrten.«

»Ich hoffe, du hast ihr nichts gebrochen«, sagte Letherson warnend.

»Das nicht, Sir. Aber sie hat ein paar schlimme Verletzungen. Emil kam nur noch dazu, sie notdürftig zu verarzten.«

Letherson hob die Klappe vom Guckloch und blickte in den Raum hinein, in dem ein schwaches bläuliches Licht brannte. Margaret lag auf einer Pritsche, bis zum Kinn unter einer weißen Bettdecke versteckt. Sie hatte ein Pflaster auf der Stirn.

»Öffnen Sie«, befahl Lewis Letherson.

»Sie hat ein starkes Schlafmittel bekommen, Sir. Ich glaube nicht . . .«

»Mein lieber Freund, ich weiß Ihr Pflichtbewußtsein zu schätzen, aber ich wünsche mir, daß meinen Befehlen jederzeit umgehend Folge geleistet wird. Öffnen Sie jetzt!«

Theo tat, wie ihm geheißen. Er zog die Tür auf, die innen so verkratzt war, als hätte man in dem kleinen kahlen Raum früher einen Tiger eingesperrt. Lewis Letherson drückte die Tür hinter sich ins Schloß, befahl Ken, sich am Fußende der Pritsche hinzulegen, und setzte sich dann auf den Bettrand. Für eine Weile starrte er in das schmale, blasse Gesicht Margarets. Sie war noch immer eine schöne Frau, obwohl ihre Züge in letzter Zeit stark eingefallen waren. Dies überraschte Lewis Letherson nicht. Er wunderte sich eigentlich nur, daß Margaret die Kraft hatte, sich so lange zu wehren. Eine andere wäre längst verrückt geworden. Lewis Letherson lächelte bei diesem Gedanken. Irgendwann würde sie aufgeben, dachte er. Irgendwann mußte sie einsehen, daß es keine Hoffnung mehr gab.

Er beugte sich vor und schlug die Decke etwas zurück. Margaret trug immer noch das schmutzige, zerrissene Nachthemd, mit dem sie geflohen war. Letherson berührte sanft die weiße glatte Haut an der Schulter der Frau. Sie rührte sich nicht. Da griff er fester zu und rüttelte sie wach.

4. Kapitel
Doppelmord im Vogelkäfig

Der Mann vor dem Fenster trug eine Sonnenbrille, und das war zumindest ungewöhnlich.

Shanghai Porter, der einzige Gast im Birdcage Inn, fühlte sich in seiner Vermutung bestätigt, daß die meisten Leute in London zu wenig frische Luft kriegten und somit nicht mehr ganz bei Trost sein konnten.

Er selbst war ein ehemaliger Seemann, für den die sieben Weltmeere ihren Reiz verloren hatten, seit er ihre Geheimnisse zu kennen glaubte. Jetzt arbeitete er gelegentlich an den Docks, hockte aber die meiste Zeit in den Spelunken und trank den billigsten Fusel, den ihm die Wirte anbieten konnten.

Shanghai Porter blickte auf, als der Mann hereinkam. Ein kalter Windstoß blies durch den Raum und brachte das Feuer im Kanonenofen zum Aufflackern. Der Mann machte die Tür leise hinter sich zu.

»Gloria hier?« fragte er.

Porter kratzte sich im Nacken.

»Gloria ist immer hier«, sagte er. »Fragt sich nur, wer nach ihr fragt.«

»Kommissar Roos, Scotland Yard«, sagte der Mann, und genauso wie er es sagte, sah er auch aus. Wie einer, der auf der Lauer war.

Shanghai Porter kannte solche Typen. Er hatte sie in sämtlichen Häfen der Welt gesehen. Immer die gleichen. In Hamburg. In Hongkong. Drüben in den Staaten. Porter brauchte nicht zweimal hinzusehen, um einen Polizisten zu erkennen. Er zeigte auf einen Samtvorhang von ausgebleichtem Purpur. Dahinter verbarg sich eine Tür.

»Sie hat Besuch«, sagte er.

»Johnny?« fragte der Mann mit der Sonnenbrille.

»Wußte ich doch, daß er was ausgefressen hat«, grinste Porter. »Was ist es, Kommissar? Diebstahl? Zu mehr taugt er kaum.«

»Raub«, sagte der Mann kühl, ging am runden Tisch vorbei, an dem Shanghai Porter saß, und schlug den Vorhang zurück. Ohne anzuklopfen öffnete er die Tür dahinter und trat ein. Porter hörte einen leisen Ausruf der Überraschung. Niemand sonst wagte es, Glorias Hinterzimmer zu betreten, ohne von ihr dazu eingeladen zu werden.

Shanghai Porter, von Neugier getrieben, erhob sich leise und schlich hinüber zum Vorhang. Er bückte sich und lugte durch das Schlüsselloch. Was er zu sehen kriegte, ließ ihm das Haar zu Berge stehen. Für einen Moment lähmte ihn blankes Entsetzen. Er konnt sich nicht vom Fleck rühren, und als er sich endlich bewegte, stand ihm die Angst ins Gesicht geschrieben.

Er ließ den Vorhang los, wich langsam und leise zurück bis zur Mitte des Schankraumes, nahm die Flasche vom Tisch und hetzte zur Tür. Nein, mit dieser Sache wollte Shanghai Porter nichts zu tun haben.

Leon wußte, daß er zu spät kam, als er den schwarzen Vauxhall vor dem kleinen Backsteinhaus sah, über dessen Eingang eine alte Schiffslaterne im Wind schaukelte.

BIRDCAGE, entzifferte Leon die verwitterte Goldschrift auf dem grünen Schild. VOGELKÄFIG. Er bezahlte den Taxifahrer und sagte ihm, daß er hier abgeholt würde.

»Scheint was los zu sein dort drin«, sagte der Taxifahrer. »Düstere Gegend hier. Paß auf, daß dir niemand die Perücke klaut, mein Freund.«

Leon stieg aus, rückte die grausträhnige Perücke und den Hut zurecht und schlenderte zum Eingang hinüber, wo zwei Bobbys standen, offensichtlich gewillt, niemanden reinzulassen.

Leon blinzelte zuerst den einen an, dann den anderen.

»Was passiert?« fragte er hüstelnd.

Der eine gab ihm keine Antwort. Der andere trat von einem Bein auf das andere.

»Ein Verbrechen«, sagte er. »Geh besser heim, falls du irgendwo daheim bist, Alter.«

Leon grinste beinahe unverschämt. »Snake-Eye Dearborn dort drin?« fragte er.

Der Polizist hob die Brauen. »Wer bist du, Alter?«

»Sagen Sie ihm, daß Leon Gonsalez um Einlaß bittet.«

»Leon Gonsalez? Doch nicht vom . . .«

»Silbernen Dreieck«, bestätigte Leon, und eine Minute später stand er im Schankraum einem verzweifelten Inspektor gegenüber, der ein Gesicht machte, als hätte er persönlich die zwei Toten auf dem Gewissen.

»Gloria und Tuberkel-Johnny?« fragte Leon und deutete auf die beiden Gestalten, die auf dem Boden des Hinterzimmers lagen, mit weißen Bettlaken zugedeckt.

»Erdolcht«, sagte der Inspektor mit Grimm in der Stimme. »Zuerst die Frau, dann Johnny.«

»Zeugen?«

»Bis jetzt noch nicht.«

»Die Tasche?«

»Keine Spur von der Tasche. Nicht die geringsten Anhaltspunkte, wer das Verbrechen begangen haben könnte. Nichts, Gonsalez.«

Leon fragte so harmlos wie möglich, ob er sich mal kurz umblicken dürfte. Der Inspektor wurde sofort mißtrauisch.

»Wo kommen Sie übrigens her, so, wie Sie aussehen, Gonsalez?« fragte er.

»Aus dem Taxi«, sagte Leon freundlich.

»Und wer hat Ihnen den Tip gegeben?«

»Verehrtester Inspektor, würde das Silberne Dreieck auch nur auf einen Erfolg zurückblicken können, wenn wir bei jeder sich bietenden Gelegenheit unsere Geschäftspraktiken verraten würden?«

Inspektor Dearborn verzog keine Miene, als er Leon verbot, das Hinterzimmer zu betreten, solange die Untersuchungen im Gange waren. Es blieb Leon gar nichts anderes übrig, als sich zu fügen.

»In der Toilette ist eine Waschgelegenheit, Gonsalez«, sagte der Inspektor, dessen Nase trotz des Schnupfens gut zu funktionieren schien. Leon konnte selbst riechen, daß er nach allem Möglichen stank, nach Getriebeöl, nach Sardinen, nach faulem Gemüse und nach Bier.

Als Kommissar Roos seinen Chef holte, um ihn in die Gemächer des oberen Stockwerkes zu führen, nahm Leon Gonsalez die Gelegenheit wahr und schlüpfte ins Hinterzimmer, wo die Kriminalbeamten noch immer mit der Spurensicherung beschäftigt waren. Leon blickte sich schnell um. Auf einem Rauchtischchen standen zwei Gläser und eine Flasche Whisky. Es schien, als hätten die beiden Wiedersehen gefeiert, als der Mörder kam.

Ein Beamter von der Spurensicherung blickte kurz auf, ein blutbeflecktes Taschentuch in der Hand.

»Kann nur ein Kranker sein, der ein solches Gemetzel anrichtet«, sagte er angewidert. »Muß ein Irrer sein, ganz bestimmt.«

Leon horchte nur mit halbem Ohr hin, weil er eigentlich etwas zu finden hoffte, aber manchmal genügte ihm auch ein halbes Ohr. Er verließ die Spelunke bei den Docks von Rotherite, ohne sich von Inspektor Dearborn zu verabschieden, und er wartete auch nicht auf Manfred, mit dem er sich telefonisch hier verabredet hatte. Er erwischte an der nächsten Ecke ein Taxi und wies den Fahrer an, ihn nach South Hackey zu bringen, in die Old Ford Road.

Es war schon beinahe Morgen, als Leon Gonsalez in das kleine, nach außen hin unscheinbare Haus in der Curzon Street zurückkehrte.

Georg Manfred schlief im Ledersessel. »Hoffentlich hast du dich wenigstens amüsiert«, sagte er schläfrig, als Leon leise zu seinem Zimmer gehen wollte.

»Nicht schlecht«, sagte Leon.

»Gut«, sagte Manfred. »Gute Nacht.« Er drehte sich auf die andere Seite und schlief weiter. Fragen stellte er nur selten.

»Ich will wissen, was in der Tasche war«, sagte Lewis Letherson sanft. Er saß noch immer auf dem Bettrand, aber jetzt rauchte er eine Zigarette. »Margaret, du weißt, wie blendend Kaster die Kunst beherrscht, jemand zum Reden zu bringen.«

Margaret Stamford preßte die Lippen fest zusammen. Sie war in seiner Gewalt, aber sie traute ihm nicht zu, selbst Hand an sie zu legen. Dafür hatte er seine Untertanen. Kaster. Emil und Theo, oder der Mann, der Pförtner spielte und ein brutales eckiges Gesicht hatte, mit einer schmalen, weit über die kleinen Augen vorstehenden Stirn und buschigen Brauen. Sie fürchtete diesen Mann fast noch mehr als Kaster, der dafür sorgte, daß ihr keiner der anderen in die Nähe kam. Einmal hatte er Emil sogar mit dem Revolver drohen müssen.

»Kaster wird diesen Penner aufstöbern, verlaß dich drauf!« Lewis Letherson blies ihr den Rauch ins Gesicht. Dazu war er gerade noch fähig, denn trotz seines Reichtums war er ein armer Wicht geblieben, mißgünstig, immer zu einer Schändlichkeit gegenüber Wehrlosen bereit. Er gehörte zu jener Sorte von Menschen, die als Kinder Fliegen die Flügel ausreißen und Käfer zu Tode quälen.

»Well, Margaret, es würde mir leid tun, Gewalt anwenden zu müssen.«

Margaret schwieg. Da nahm er die Zigarette aus dem Mund und drohte ihr mit der Glut. »Du bist trotzig, Margaret«, sagte er. »Du weißt, daß es dir gut geht, wenn du vernünftig bist.« Er nahm einen Zug von der Zigarette, schnippte die Asche achtlos auf den Boden und stand auf. »Ich könnte dich auch in einem Irrenhaus unterbringen.«

»Warum tun Sie das nicht?« fragte sie spöttisch. »Sie haben doch bloß Angst, daß ich den Leuten erzählen könnte, was wirklich mit Mark passiert ist.«

»Er ist bei einer Fuchsjagd vom galoppierenden Pferd gefallen und hat sich innere Verletzungen zugezogen. So steht es im Leichenschau-Bericht, nicht wahr?«

»Kaster hat Mark in Ihrem Auftrag umgebracht.«

Letherson runzelte die Stirn. »Du bist verrückt, Margaret. Es kommt oft vor, daß sensible Menschen verrückt werden, wenn großes Unglück über sie kommt.«

»Ich weiß, daß Sie gerne möchten, ich wäre verrückt geworden«, sagte Margaret. »Sie versuchen alles, um mich zu verwirren. Aber es wird Ihnen nicht gelingen, mich so einfach loszuwerden, Lewis Letherson.«

Sie lachte zu ihm auf, und es war ein schrilles Lachen, das ihm einen kalten Schauer über den Rücken jagte. Er sah, wie ihre Augen zu funkeln begannen und wie sie die Oberlippe hochzog.

»Du kannst mir keine Angst einjagen, Margaret«, sagte er, ging aber rückwärts auf die Tür zu. Kens Nackenhaar war plötzlich gesträubt. Der Hund knurrte leise und zog die Lefzen von seinen Zähnen.

Margaret richtete sich langsam auf. Ihr Gesicht war aschfahl geworden. Sie blickte ängstlich zum vergitterten Fenster hinüber. »Mark?« fragte sie leise. »Bist du das, Mark?«

Ken knurrte lauter, und Lewis Letherson wollte hastig nach der Türklinke greifen, aber die war vor Wochen auf seinen Befehl hin abmontiert worden.

»Aufmachen!« rief er. Dann schlug er mit den Fäusten gegen die Tür, aber niemand kam, um ihn herauszulassen.

Lewis Letherson drehte den Kopf und blickte zum Fenster hinüber. Es war stockdunkle Nacht draußen. Der Wind rauschte in den alten Bäumen. Für einen Moment glaubte Lewis Letherson einen Schatten zu sehen, der lautlos am Fenster vorüberhuschte. Lewis Letherson blieb das Herz stehen, als Margaret in ein irres Gelächter ausbrach.

»Dr. Briesley«, meldete sich der Anrufer am frühen Morgen. »Verbinden Sie mich bitte mit Mister Gonsalez.«

»Darf ich vielleicht nach dem Grund Ihres Anrufes fragen, Dr. Briesley?« fragte Poiccart. »Mister Gonsalez ist offenbar erst in den frühen Morgenstunden nach Hause gekommen. Ein bißchen Schlaf dürfte ihm guttun.«

Der Anrufer gab nicht sogleich eine Antwort. Er schien zu überlegen, ob er der Stimme am Telefon vertrauen oder besser später noch einmal anrufen sollte.

»Poiccart ist mein Name, Sir. Wenn es um den Fall mit der geheimnisvollen Unbekannten geht, die man letzte Nacht an der Lambeth Bridge gefunden hat, so dürfen Sie mir getrost anvertrauen, was Sie zu sagen haben, Doktor.«

»Well, Mister Gonsalez bat mich um strikte Diskretion, Sir. Wir wollen kein Aufsehen erregen. Verstehen Sie.«

»Absolut, Sir. Es läge mir fern, Ihre Information – und um eine solche handelt es sich wohl – nicht absolut vertrauensvoll an meinen geschätzten Partner weiterzuleiten, sobald dieser ausgeschlafen hat.«

»Nun wohl, Mister Gonsalez hat mich gebeten, die Entlassungskartei der letzten beiden Jahre durchzusehen.«

»Ich könnte mir denken, daß Sie mir Namen nennen wollen, Sir?«

»Jawohl, das hatte ich eigentlich vor.«

»Ich nehme einen Bleistift zur Hand, Sir.«

»Well. Es sind drei Namen. Mister Gonsalez hat mir völlige Diskretion zugesichert. Sehen Sie, Mister Poiccart, die drei Namen gehören langjährigen Angestellten unserer Anstalt, die auf eigenen Wunsch entlassen wurden. Ich darf vielleicht im Namen der Direktion sagen, daß alle über jeden Verdacht erhaben sind, die Frau verschleppt zu haben.«

»Darf ich noch einmal höflichst um die Namen bitte, Sir?« fragte Poiccart fast ungeduldig. Er hörte Papier rascheln. Dann schnaufte jemand ins Telefon und schließlich gab ihm Dr. Briesley drei Namen durch.

»Martin Tinworth, zur Zeit seiner Entlassung einer der ältesten Angestellten mit dem längsten Arbeitsverhältnis. Mister Tinworth war siebenundzwanzig Jahre für uns tätig.« Dr. Briesley machte eine Pause. »Soviel ich weiß, ist Mister Tinworth pensioniert und zur Zeit mit seiner Frau auf Urlaub in Australien.«

»Der nächste, bitte?«

»Die nächste, Mister Poiccart«, sagte Dr. Briesley leicht vorwurfsvoll. »Sie ist eine Frau. Wanda Wormwood, hat in East Finchley eine Privatpraxis eröffnet. Ich glaube nicht, daß sie mit dem Verbrechen etwas zu tun haben könnte.«

»Würde mich wundern, Herr Doktor«, sagte Poiccart.

»Emil Koslowski«, sagte Dr. Briesly.

»Bitte?«

»K-O-S-L-O-W-S-K-I-«, buchstabierte der Arzt so deutlich, daß Poiccart keine Schwierigkeiten hatte, den Namen niederzuschreiben.

»Entlassungsgrund?«

»Da steht nichts. Halt, hier. Well, jemand hat da scheinbar mit Tinte etwas hingeschrieben, was später ausradiert wurde. Unmöglich zu lesen, Mister Poiccart. Tut mir leid, aber wichtig war das wohl nicht. Wahrscheinlich eine Unterschrift an falscher Stelle.«

»Können Sie mir vielleicht sonst noch etwas über Mister Koslowski sagen, Doktor?« fragte Poiccart. »Aus eigener Erfahrung vielleicht. Sie hatten doch bestimmt mit Emil Koslowski zu tun.«

»Nein. Eigentlich nicht. Ich sah ihn höchstens bei Visiten. Ein stiller Mensch.«

»Und Sie wissen auch nicht, wo Mister Koslowski derzeit aufzufinden wäre?«

»Nein. Ich habe Ihnen gesagt, was ich weiß. Und ich hoffe, es entstehen uns dadurch keine Unannehmlichkeiten, Mister Poiccart.«

»Machen Sie sich keine Sorgen, Sir«, versicherte Poiccart. Er überlegte erst, ob er Leon aufwecken sollte, entschied dann aber ihn schlafen zu lassen und derweil zu versuchen, etwas über Koslowski herauszufinden. Er telefonierte mehrere Male, bevor er das Haus verließ, mit dem Taxi zum Victoria-Bahnhof fuhr und eine Fahrkarte nach Harlow und zurück kaufte.

5. Kapitel
Poiccart in Gefahr

Leon erwachte kurz vor Mittag, als ihm die blasse Herbstsonne durch eine Spalte des Vorhangs ins Gesicht schien. Im Haus war es still. Draußen, auf dem Marmortisch, lag eine Notiz von Poiccart. *Dr. Briesley hat angerufen. Ein interessanter Name dabei. Koslowski, Emil. Irrenwärter. Bin wahrscheinlich bis zum Abend zurück. Poiccart. P.S. Vergeßt nicht, das Wasser in der chinesischen Vase mit den Astern zu wechseln.*

Leon rieb sich den Schlaf aus den Augen, nahm die Vase vom Tisch und trug sie in die Küche. Dort fand er die Teekanne unter einem Wärmer, Toast im Korb, in eine Serviette eingeschlagen, und Butter und Konfitüre auf einem Tablett. Es war ziemlich kalt im Haus. Jemand hatte vergessen, die Heizung einzuschalten.

Manfred kam heim, als Leon vor dem Spiegel stand und sein stoppelbärtiges Gesicht bewunderte.

»Vielleicht solltest du ihn wachsen lassen«, sagte er. »Steht dir gut. Gibt dir ein männlicheres Aussehen.«

Leon verzog das Gesicht. »Du hast Lippenstift am Mantelkragen«, sagte er und musterte das Spiegelbild seines Partners. Manfred zog den Mantel aus. Sein Hemd war zerknittert, die Krawatte hing ihm schief vom Kragen.

»Man hat mich überraschend zu einem abenteuerlichen Frühstück geladen«, sagte Manfred, hängte sich den Mantel über den Arm und ging in die Küche. »Wo ist Poiccart?« hörte ihn Leon rufen.

»Aus«, erwiderte Leon und machte sich daran, sich zu rasieren.

In der Morgenzeitung war ein großer Bericht über den »Doppelmord im Vogelkäfig«. Scotland Yard tappte nach Aussagen von Kriminal-Unterkommissar Peter Roos im Dunkeln. Zusammenhänge mit dem Auffinden und Verschwinden einer Frau an der Lambeth Bridge wurden nicht erwähnt. Eventuelle Zeugen wurden aufgefordert, sich mit Scotland Yard in Verbindung zu setzen.

Kurz nach Mittag rief Dearborn an.

»Wir haben die Tasche gefunden«, triumphierte er. »Teures Stück. Krokodil.«

»Gratuliere«, sagte Leon. »Wo war sie denn?«

»In einem Gestrüpp, etwa fünfzig Meter vom Birdcage weg.«

»Jemand hat sie weggeworfen. Wem gehört die Tasche?«

»Well, deswegen rufe ich an, Gonsalez. Die Ausweispapiere fehlen, falls die Tasche welche enthalten hat.«

»Tut mir leid, dies zu hören, Dearborn«, log Leon und fügte harmlos hinzu: »Wie könnte ich Ihnen helfen?«

»Wir fanden ein Stück einer Fahrkarte, London – Ha-. Der Rest fehlt.«

»Ha?«

»Ja.«

»Hackney?«

»Well, es könnte Hackney sein. Es könnte auch Hampstead sein oder Harlow.«

»Hammersmith«, sagte Leon Gonsalez.

»Wirklich.«

»Und warum rufen Sie mich an, Dearborn?«

»Nun, Sie machten bei meinem Besuch den Anschein, als wüßten Sie mehr, als Sie zugeben wollten.«

»Und warum glauben Sie, daß ich jetzt eher bereit wäre, Ihnen eine Auskunft zu geben, Verehrtester?«

»Weil es offensichtlich um das Leben einer Frau geht, nämlich der Besitzerin der Tasche. Die Tasche befindet sich samt Inhalt im Labor. Die Beamten haben Leinenfasern gefunden. Weiße Leinenfasern. Wie von einem Bettlaken. Nur daß einige dieser Fasern Farbflecke aufweisen.«

»Sind Sie sicher, daß es nicht Fasern vom Overall eines Malers sind?« fragte Leon ernst.

»Absolut. Sehen Sie, Gonsalez, der Fall liegt mir nach dem Doppelmord besonders schwer auf dem Magen. Ich habe die letzten zwei Nächte kein Auge zugetan. Die Leute von der Presse belagern mein Office, und die Dockarbeiter ziehen in einem Demonstrationszug durch Rotherite.«

»Protest gegen was?«

»Unzulänglicher Polizeischutz im Gebiet der Docks. Und es stimmt. Die Redriff Street wurde in den letzten zwei Wochen nur einmal von einem Streifenwagen abgefahren.«

»Ihr Aufgabenbereich ist das sowieso nicht, Dearborn. Lassen Sie sich also nur nicht aus der Ruhe bringen. Natürlich ist es eine Schande, wenn eine Frau und ein alter einäugiger Penner umgebracht werden, ohne daß Scotland Yard auch nur eine Spur hat. Aber leider kann ich Ihnen im Moment nicht helfen.«

»Gonsalez, bedenken Sie, daß es um das Leben einer Frau geht.«

»Absolut, Sir. Ich melde mich wieder. Halten Sie die Ohren steif.« Leon hängte auf.

»Ha«, sagte er leise vor sich hin. »Verteufelter Poiccart.«

Poiccart hatte von bestimmter Stelle, deren Existenz nur ihm bekannt war, erfahren, daß ein Mann namens Koslowski in der Gegend von Harlow gesichtet worden war.

In Harlow, einem der kleinen Vororte Londons, kannte aber niemand Emil Koslowski. Überhaupt schien es in diesem abgelegenen Nest nur wortkarge Leute zu geben, die jedem Fremden mit Mißtrauen und Ablehnung begegneten. Am Mittag saß Poiccart in einer schummrigen Kneipe an der Hauptstraße. Die anderen Gäste, ein paar Farmersburschen und ein Vertreter für Lederhandschuhe, standen an der Theke und tranken Ale. Poiccart bestellte Mittagessen; die Tagessuppe, Siedfleisch, Salzkartoffeln und Salat. Er trank dazu Mineralwasser.

Die Farmersburschen flüsterten miteinander, während Poiccart aß. Der Handschuhvertreter klagte beim Wirt über schlechte Geschäfte, Inflation, eine unzulängliche Außenpolitik der Regierung. Die Reichen würden immer reicher, die Armen immer ärmer, meinte er. Der Wirt, ein fetter Mann, der unter Asthma litt, trank mehr als seine Gäste. Er hatte eine dicke Knollennase, die von blauen Äderchen durchzogen war, Triefaugen und ein aufgedunsenes Gesicht.

Den Namen Koslowski wollte er noch nie gehört haben, aber als Poiccart die Rechnung verlangte, setzte er sich an den kleinen Tisch. Er beugte sich so weit herüber, daß Poiccart fast übel wurde, als ihn der alkoholgetränkte Atem des Wirtes traf.

»Man sagt«, flüsterte der Wirt, »man sagt, daß der Herr Stamford noch immer im Forst herumgeistert.«

Poiccart zählte das Geld sorgfältig ab und schob es dem Wirt über den Tisch zu. Einen Geldschein behielt Poiccart in der Hand. »Eine genauere Auskunft wäre mir vielleicht von Nutzen und Ihnen diesen Geldschein wert«, sagte er so leise, daß ihn weder die Farmersburschen an der Theke verstehen konnten, noch der Handschuhvertreter, der inzwischen in der Nähe des Kachelofens Platz genommen hatte.

»Zwei davon, und ich sage Ihnen einen Namen, verehrter Herr«, sagte der Dicke, und sein Atem ging schwer und keuchend.

Poiccart war kein Verschwender, aber in diesem Fall blieb ihm nichts anderes übrig, als für eine Information zu bezahlen, von der er nicht einmal wußte, ob sie etwas taugte. Den Namen, den der Wirt nannte, hatte Poiccart schon gehört, aber im Moment gelang es ihm nicht, ihn einzuordnen. Letherson? Ein Politiker konnte er nicht sein, ebenfalls gehörte sein Name nicht in die Reihe der gefeierten Stars von Bühne und Leinwand. Welcherlei Geschäfte Lewis Letherson tätigte, wußte der Wirt nicht.

»Er kommt manchmal heraus«, schnaufte er. »Nachts. Dann bleibt er kurz, und oben unter dem Giebel geht in einem der Zimmer das Licht an.«

Der Wirt verriet ihm, daß er es selbst schon gesehen hatte, als er des nachts im Forst war. Was er da draußen bei Nacht und Nebel zu tun hatte, wollte ihn Poiccart lieber nicht fragen.

»Und was ist mit dem Herrn Stamford?« fragte er.

»Man sagt, daß er versucht, in das Haus einzudringen. Er ist tot. Schon fast ein Jahr. Ich war dabei, als er begraben wurde. Ich weiß, daß er tot ist.«

»Dann sind das nichts anderes als Gerüchte, daß er im Forst herumgeistert?«

»Wer weiß«, sagte der Wirt kurzatmig. »Die Leute hier glauben an Gespenster.« Er kicherte heiser. »Bei uns hier draußen ist es nicht so wie in der Stadt. Hier draußen ist alles beim alten geblieben. Es gibt noch Gespenster hier, dafür lege ich die Hand ins Feuer. Und Hexen auch.«

Poiccart nickte nur. Er hatte selbst Verwandte, die auf dem Land wohnten. Eine alte Tante, zum Beispiel, hatte einen Poltergeist im Keller, bis das Haus eines Tages vom Blitz getroffen wurde und niederbrannte. Bei den Aufräumarbeiten fand man das Skelett eines Mannes, dessen Schädel zertrümmert war. Die knöchernen Finger hielten den Griff einer Handaxt umklammert. Entweder hatte der gute Mann Feuerholz geschlagen oder versucht, sich gegen einen Mörder zur Wehr zu setzen.

»Wie komme ich zum Stamford-Haus, ohne daß mich die Leute dort bemerken?« fragte Poiccart den Wirt.

»Das ist ein gefährliches Unterfangen«, sagte der Wirt, und der warnende Ton in seiner Stimme machte Poiccart zumindest wachsam. »Von hier wagt sich keiner in die Nähe des alten Hauses, seit der Herr verunglückt ist.«

»Ist er hier begraben?«

»Ja. Drüben im alten Friedhof bei der Kapelle. Dort soll er begraben sein. Ich war nur bei der Beerdigung dort. Man sagt, daß ihm noch nicht einmal ein Stein gesetzt worden ist, und das wäre jetzt an der Zeit. Und sein Grab sei völlig verwildert. Nur frische Blumen würde regelmäßig jemand hinbringen. Dies muß in der Nacht geschehen. Niemand weiß, wer die Blumen aufs Grab legt. Sie sind plötzlich da.«

»Jemand aus dem Dorf?«

Der Wirt wiegte den Kopf. »Kann schon sein. Ich weiß es nicht. Aber wenn Sie zum alten Haus raus wollen, dann tun Sie das am besten am Abend in der Dämmerung, wenn die Nebel von der Flußniederung hochkommen und durch den Forst ziehen.« Der Wirt grinste flüchtig. »Vielleicht begegnen Sie Mr. Stamford hoch zu Roß.«

»Wie ist denn Mr. Stamford ums Leben gekommen?« fragte Poiccart.

»Jagdunfall. Er war nicht tot, als man ihn ins Dorf brachte. Sie mußten ihn über Felder und Wiesen tragen, und dann haben sie ihn dort drüben auf die Bank gelegt und gewartet, bis endlich der Krankenwagen vom Hospital kam. Er hat sich nicht ein einziges Mal gerührt, und Blut lief aus seinem Mund. Ich wußte sofort, daß es ihn schlimm erwischt hatte, und ich sagte noch zu Marie, daß er einen Schutzengel so groß wie ein Zeppelin haben müßte, wenn er am Leben bleiben wollte.«

»Erinnern Sie sich noch, von welchem Hospital der Krankenwagen war?«

»Sicher. Ich habe doch die Tür aufgehalten, als man ihn auf der Bahre hinaustrug.« Der Wirt stand auf, beugte sich aber noch einmal über den Tisch und fuhr sich mit der Zunge über die dicken fleischigen Lippen. »St. Anna«, sagte er. »Wir haben hier kein eigenes Krankenhaus. Aber die Nachbargemeinde ist bekannt für ihr Sanatorium. Dort brachte man ihn hin, und er hat noch fast vier Tage gelebt, bevor er das Zeitliche segnete.«

Poiccart war mit der Ausbeute seines Verhörs zwar zufrieden, als er das Restaurant verließ und zum Friedhof hinüberging, aber mit den vielen Informationen, die er vom Wirt erhalten hatte, wußte er trotzdem nichts anzufangen. Er überlegte hin und her, was Lewis Letherton und der verunglückte, längst begrabene Stamford miteinander zu tun haben könnten. Auch wer die Frau sein konnte, die bei der Lambeth Bridge zum letztenmal gesehen worden war, ergab sich nicht aus den Angaben, die Poiccart alle in seinem Gehirn einordnete, so daß er sie später jederzeit zur Hand hatte, wenn er sie benötigte.

Eigentlich war es ja Leons Fall. Poiccart lächelte, als er an seinen Partner dachte. Wahrscheinlich würde er sich ärgern, wenn er die Notiz auf dem Tisch fand, weil ihm Poiccart nicht mitgeteilt hatte, wo er hingegangen war. Vielleicht würde er sich auch den Rest zusammenreimen.

Bei Leon war alles möglich.

Poiccart fand das Grab von Stamford sofort. Ein schwarzes Kreuz ragte aus abgestorbenem Unkraut. Auf dem Kreuz stand nichts als der Name des Verstorbenen, das Geburtsdatum und der Todestag.

Vor dem Kreuz lagen ein paar blutrote Astern.

Poiccart sah sich im Friedhof um. Die alten Zedernhecken waren frisch getrimmt. Auf den Wegen zwischen den Gräbern moderten nasse Herbstblätter der mächtigen Bäume, deren knorpelige Wurzelarme einige der ältesten Gräber aufgebrochen hatten. Der kleine Friedhof war ein ungastlicher Ort, selbst an einem Nachmittag, an dem die Sonne bleich durch den Dunst schien.

Poiccart verließ den Friedhof.

Lange würde er auf den Sonnenuntergang nicht zu warten brauchen. Die Tage waren kurz geworden, und die Nacht kam schnell.

Er sah sich im Dorf um, eigentlich ohne dafür einen bestimmten Grund zu haben. Es war ein sauberes Dorf mit vielen kleinen Häusern, alle mit eingezäunten Gärten. Überall blühten Astern, aber die einzigen von blutroter Farbe stachen Poiccart ins Auge, als er über eine Hecke hinwegschaute. Dahinter befand sich ein kleines altes Fachwerkhaus. Ein Dackel bellte ihn an, als er das Türchen im Zaun öffnete und den Kiesweg entlang zur Haustür ging.

Für einen Moment bemerkte Poiccart, wie sich der Vorhang im Fenster rechts von der Tür bewegte. Und er glaubte, ein Gesicht zu sehen, ein altes verhärmtes Gesicht mit argwöhnischen Augen.

Das Gesicht einer alten Frau.

Poiccart war enttäuscht.

Es wäre alles so märchenhaft schön gewesen, wenn er hier die junge Frau getroffen hätte, die in jener schicksalhaften Nacht einer inneren Stimme gefolgt war, um in der Stadt nach ihrem geliebten Mann zu suchen, der gar nicht tot war. Aus solchen Geschichten werden Liebesromane gemacht, dachte Poiccart, aber psychologisch hätte er es sich nicht erklären können, warum die

Frau im Nachthemd und mit nackten Füßen unterwegs war, und Poiccart hielt viel davon, alles psychologisch zu betrachten.

Der Dackel schnüffelte an seinen Schuhen, als Poiccart den Türklopfer betätigte.

Kaster und Emil kehrten am frühen Nachmittag ins Herrschaftshaus zurück. Lewis Letherson erwartete die beiden in dem Raum, der früher einmal die Bibliothek gewesen war. Heute lagen nur noch ein paar verstaubte Bücher auf den Regalen, das alte Lesepult war mit einem weißen Laken zugedeckt. Am Fenster stand die Staffelei, an der Mark Stamford so oft seinen Phantasien freien Lauf gelassen hatte, ohne jemals ein Meisterwerk zu schaffen. Dazu fehlte ihm das wirkliche Talent und die Sensibilität, die Künstler auszeichneten.

»Die Tasche?« fragte Lewis Letherson sofort.

»Da war nichts drin. Der Penner hat die paar Shilling für eine Flasche Whisky ausgegeben. Sonst sei nichts drin gewesen, hat er gesagt.«

»Unmöglich. Ich bin sicher, daß sie irgend etwas versteckt hielt. Ein Indiz, das mir gefährlich werden könnte.«

»Dann werden wir Madam persönlich fragen müssen«, sagte Kaster, und für einen Moment zuckten seine Mundwinkel. »Die Tasche habe ich weggeworfen. Dachte, das hält die Beamten von Scotland Yard davon ab, weiterzusuchen.«

»Wer ist der Mann, der den Fall behandelt?«

»Dearborn. Inspektor Dearborn. Man nennt ihn auch Snake-Eye.«

»Ein guter Mann?« Wieder zuckten Kasters Lippen. »Nicht gut genug für mich«, sagte er kalt.

»Und was ist mit dem Penner?«

»Der Penner war nur am Geld interessiert«, sagte Kaster und unterdrückte ein Gähnen. »Ein ziemlich heruntergekommenes Subjekt, dem keiner eine Träne nachweint. Ich habe mich persönlich um ihn bemüht.«

Lewis Letherson wußte genau, was das bedeutete. Fragen brauchte er keine zu stellen. Kaster arbeitete schnell und diskret.

Was immer in dieser Nacht in London passiert war, er würde alles in der Abendzeitung nachlesen können, die er auf dem Rückweg beim Kiosk am kleinen Stadionsgebäude von Harlow kaufen würde. Er nahm sich vor, seiner Frau ein Geschenk mit nach Hause zu nehmen, vielleicht einen Seidenschal in den neuen modischen Farben.

»Dann überlasse ich es Ihnen, Kaster, Margaret Stamford zum Reden zu bringen«, sagte Lewis Letherson. »Ich werde mich jetzt auf den Rückweg machen. Sie können mich dann in der Berkeley Street erreichen. Ich würde es zu schätzen wissen, wenn Sie bald erfahren hätten, was sich in der Tasche befand und wohin Mrs. Stamford zu fliehen beabsichtigte.«

Im knochigen, bleichen Gesicht von Frank Kaster rührte sich nichts. Da er wie immer seine dunklen Gläser trug, konnte Lewis Letherson auch nicht seine Augen sehen. Er war aber davon überzeugt, daß Kaster für die ihm gestellte Aufgabe wie immer bereit war.

Arme kleine Margaret, dachte Letherson, als er die Bibliothek verließ. Kensington hatte er hinter dem Haus im alten Zwinger eingesperrt, in dem früher Mark Stamford seine Jagdhunde untergebracht hatte. Als er ihn jetzt herausholen wollte, war die Gittertür auf, und Ken befand sich nicht im Zwinger.

»Ken!« rief Letherson ins brachliegende Feld hinaus, das sich hinter dem Haus bis zum Rand des Forstes ausbreitete. »Kensington!«

Der Hund kam nicht. Letherson ging ums Haus herum und rief mehrere Male nach ihm. Theo kam aus dem Haus.

»Der Hund war vor zehn Minuten noch im Zwinger«, sagte er. »Ich habe ihm selbst das Futter gebracht und hinter mir die Tür wieder abgeschlossen.«

»Die Tür ist offen, und es sieht nicht danach aus, als ob jemand Gewalt hätte anwenden müssen«, sagte Letherson ungehalten. »Ich wünsche, daß Ken zurückgeholt wird, bevor ihn ein Bauer erschießt, weil er ein Lamm reißt oder sonst irgendwo Schaden anrichtet. Kaster soll mir sofort Bescheid geben, wenn der Hund da ist.«

Letherson machte auf dem Absatz kehrt und ging zu seinem Rolls Royce. Bevor er einstieg, blickte er zum Fenster unter dem Giebel hoch. Wenn er sonst wegfuhr, tauchte dort Margaret auf, aber dieses Mal war es Kaster, der sich kurz zeigte und sofort wieder verschwand.

Nebelschleier krochen vom Fluß hoch über die kahlen Hänge und breiteten sich im Wald aus. Die Umrisse der Büsche und Bäume wurden schwächer. Nur manchmal, wenn eine Windböe den Nebel aufriss, konnte sich Poiccart orientieren.

Es war etwa vier Uhr am Nachmittag. Bereits hatte sich trübes Dämmerlicht über dem Land ausgebreitet, und in einer halben Stunde mochte es dunkel sein.

Poiccart fand die Stelle, wo damals das Unglück geschehen war. Die alte Frau hatte sie ihm genau beschrieben. Bei der Brücke über dem alten Feldgraben, dort, wo frisch aufgeforstet worden war, stand ein alter Ahornbaum, in dessen glatten Stamm Mark Stamford als Junge einen Pferdekopf geritzt hatte, darunter sein Zeichen, ein quergestelltes M mit einem langen senkrechten Strich, so daß es aussah wie eine Standarte. Es war Marks persönliches Zeichen, hatte ihm die alte Frau erklärt. Er habe damit auch alle seine Bilder markiert. Sonderbare Bilder seien das gewesen, hatte die Frau noch gesagt.

Es gab hier sonst nichts, was an das Unglück hätte erinnern können. Und doch mieden die Leute vom Dorf diesen Ort, von dem sie behaupteten, daß er verflucht sei.

Poiccart fröstelte, aber das lag mehr an der nassen Kälte des Nebels als daran, daß ihm der Platz Angst eingejagt hätte. Zwar mußte er sich eingestehen, daß er ein merkwürdiges Gefühl verspürte, während er auf dem Feldweg stand und in den Graben hinuntersah, in den Mark Stamford gestürzt war, aber an Gespenster glaubte er nicht.

Bei dem Graben handelte es sich um einen Bewässerungskanal. Undeutlich konnte Poiccart das Wehr sehen, etwa fünfzig Schritte entfernt. Die verwitterten Steckbretter waren mit Efeu überwuchert und das Schleusenrad rot vom Rost.

Poiccart wollte sich abwenden und dem alten Reitweg folgen, der ihn zum Haus gebracht hätte, als er den Hund sah, der in einem kahlen Gestrüpp stand.

Es war ein großer Dalmatinerrüde, und obwohl diese Rasse nicht für Bösartigkeit bekannt war, knurrte der Hund Poiccart wütend an. Seine gelben Augen glitzerten wie geschliffener Bernstein, und von den zurückgezogenen Lefzen troff Speichel.

Poiccart wagte es nicht, sich vom Fleck zu rühren. Er hatte böse Erfahrungen mit Streunern gemacht, Zwei- und Vierbeinern. Dieser trug zwar eine Kette um den Hals, aber sonst sah er aus, als wäre er seit Monaten allein unterwegs. An seiner Schnauze, auf der Brust und an den Beinen hatte er Blut, und als der Nebel sich hob, sah Poiccart, warum der Hund so unzugänglich war. Er hatte einen Dachs gerissen und war noch nicht mit seinem blutigen Mahl fertig.

Poiccart hätte in die andere Richtung gehen können, aber das hätte einen Umweg bedeutet, ganz zu schweigen von der Gefahr, daß er sich möglicherweise verirrt hätte. Es wurde jetzt so schnell dunkel, als hätte jemand einen Vorhang über dem Forst ausgebreitet. Poiccart entschied sich dafür, still abzuwarten. Er zog den Kopf zwischen die Schultern. Ein schwacher, aber eisiger Wind kam auf und trieb den Nebel dicht über dem Boden durch den finsteren Wald. Der Hund fraß weiter, blickte aber immer wieder knurrend auf. Erst als er satt war, entfernte er sich ein Stück, leckte die Lefzen und rollte sich ins nasse Laub.

Poiccart nahm an, daß er jetzt ungehindert weitergehen konnte. Er setzte sich in Bewegung und versuchte, den Hund nicht zu beachten.

Aber der Hund sprang auf und folgte ihm. Poiccart blieb stehen. Der Hund wedelte.

»Poiccart«, stellte sich Poiccart vor und deutete eine kleine Verbeugung an. »Ich bin fremd in der Gegend.«

Der Hund schien seiner Stimme zu vertrauen. Kaum hatte Poiccart ausgesprochen, näherte er sich ihm; der Hund kam so nahe heran, daß Poiccart seinen Atem riechen konnte. Er roch nach Dachs.

»Gehörst du vielleicht zum Stamford-Haus, Hund?« fragte Poiccart. »Kaum. Du siehst verwildert aus. Wie ein Herumtreiber.«

Poiccart ging weiter. Der Reitweg war nur noch undeutlich zu sehen. Der Hund folgte ihm dicht auf. Plötzlich spürte Poiccart die kalte Schnauze am Handgelenk. Er griff nach hinten und streichelte dem Hund über den Kopf, während er weiterging.

Die alte Frau hatte ihm gesagt, daß es etwa zwei Kilometer zum Haus waren. Poiccart wünschte, er hätte eine Taschenlampe mitgenommen. Zumindest für den Rückweg querfeldein. Er wollte den Achtzehn-Uhr-Neunundfünfzig-Zug nicht verpassen, denn das war der letzte. Später fuhr nur noch ein Bus, kurz nach elf.

Der Hund drückte sich gegen Poiccarts Beine, sprang ein bißchen an ihm hoch, und Poiccart blieb stehen.

»Hör mal, du solltest nicht bei mir bleiben«, sagte er. »Dein Gebell könnte mich verraten, und selbst wenn du ein guter Hund bist und nicht bellst, ist dein weißes Fell mit den hübschen schwarzen Punkten sogar im dichtesten Nebel weit zu sehen.« Der Hund setzte sich hin und hob eine Vorderpfote.

Poiccart seufzte und wollte weitergehen, aber in diesem Moment leuchteten Lichter auf. Zwei, drei. Männerstimmen drangen durch den Nebel.

»Ken!« rief jemand. »Komm her, Ken! Bei Fuß!«

Poiccart blickte sich um. Rechts vom Weg war ein Dickicht, das noch einige Blätter hatte. Er wollte sich dahinter verstecken. Der Hund folgte ihm, und Poiccart kauerte nieder.

»Los, verschwinde!« flüsterte er und versuchte, den Hund von sich wegzustoßen. Der Hund setzte sich erneut hin und fegte mit seiner wedelnden Rute die feuchten Blätter auf.

»Lauf weg!« sagte Poiccart drängend. Die Lichter kamen immer näher, leuchteten durch den Nebel, durch kahles Geäst der Bäume und Büsche. Poiccart konnte bereits die Schritte der Männer hören, und dann traf ihn der Lichtkegel einer Lampe.

»Hier, Theo!« rief ein Mann. »Da ist . . . Teufel, wen haben wir denn da?«

Poiccart dachte daran, wegzulaufen, aber als er sah, daß der Mann ein Jagdgewehr am Riemen über der Schulter hängen hatte, stand er auf.

Zwei andere Männer kamen durchs Gestrüpp und leuchteten Poiccart ins Gesicht.

»Hast du vielleicht eine Erklärung dafür, daß du dich mitten in der Nacht hier herumtreibst, mein Freund?« fragte derjenige, der Poiccart zuerst entdeckt hatte.

»Der Hund ist mir zugelaufen«, sagte Poiccart und streichelte den Kopf des Dalmatiners. »Jemand sagte mir, daß der Besitzer hier draußen im alten Stamford-Haus wohnt.«

»Ein Schnüffler ist er!« sagte einer der beiden bösartig. »Wir nehmen ihn besser mit.«

Einer legte den Hund an die Leine, während der erste das Gewehr von der Schulter nahm und es auf Poiccart richtete. »Los«, sagte er. »Du warst auf dem richtigen Weg, mein Freund!«

Poiccart rührte sich nicht. Da stieß ihm der Mann die Gewehrmündung so hart auf den Magen, daß ihm beinahe das Mittagessen hochkam. Die drei Männer nahmen Poiccart in die Mitte, und er versuchte nicht, ihren Unmut noch einmal herauszufordern.

6. Kapitel
Die Beerdigung eines Penners

Die Sorge um einen Vermißten wird besonders in den frühen Morgenstunden zu einem Alptraum. Leon Gonsalzes und George Manfred fanden zwar die ganze Nacht kaum Ruhe, aber als der neue Tag graute und Poiccart immer noch nicht zurück war, entschied sich Manfred, Scotland Yard anzurufen.

»Dearborn!« verlangte er, wurde aber mit Peter Roos verbunden.

»Der Inspektor ist nicht im Dienst«, erklärte der Kommissar und fragte, ob er eine Mitteilung entgegennehmen oder sonst etwas für Manfred tun könne.

»Sie wissen nicht zufällig, wo ich den Inspektor erreichen könnte?« fragte Manfred.

»Sicher, Sir. Er hat heute morgen zwei dringende Termine auf dem East Walworth Friedhof.«

Leon Gonsalez fuhr vom Fenster zurück, als ihm Manfred sagte, das Dearborn zur Beerdigung von Gloria und Tuberkel-Johnny, der übrigens John Phillimore geheißen hatte, gehen würde.

»Ich weiß zwar nicht, was sich Dearborn dabei ausrechnet«, sagte George Manfred, »aber vielleicht sollte zumindest einer von uns rausfahren und dabei sein.«

»Und wenn Poiccart anruft?«

»Ich halte Telefonwache. Du gehst zur Beerdigung. Immerhin hast du Tuberkel-Johnny beinahe persönlich kennengelernt.«

»Falls mit Poiccart etwas ist, ruf bitte den Yard an. Roos kann die Mitteilung weiterleiten.«

»Seit wann gibst du mir Ratschläge?« lächelte George Manfred, der manchmal von den anderen als Anführer des Silbernen Dreiecks vorgeschoben wurde, wenn Ärger im Anzug war.

»Ich gebe dir keine Ratschläge, George«, sagte Leon auf dem

Weg in sein Zimmer. »Ich bin nur in Sorge um Poiccart. Normalerweise ruft er an, wenn er länger wegbleibt. Du weißt doch, daß er immer an seine Pflichten denkt.«

George Manfred hatte seinen Partner schon lange nicht mehr so unruhig gesehen. Er mußte allerdings zugeben, daß auch er kein gutes Gefühl hatte. Während sich Leon umzog, versuchte er noch einmal, Dr. Briesley zu erreichen, aber der war nicht mehr in der Anstalt, und die Privatnummer wollte man ihm unter gar keinen Umständen mitteilen.

Über Emil Koslowski konnte er auch nichts mehr in Erfahrung bringen, obwohl er das Arbeitsamt anrief und verschiedene Krankenhäuser und Anstalten. Es konnte gut sein, daß er die Stadt verlassen hatte, vielleicht sogar aus England verzogen war. Leute wie er fanden oft auch Anstellungen in Altenheimen, und von denen gab es Dutzende in London und Umgebung.

»Wenn wir wüßten, welche Ortschaft mit Ha gemeint ist, kämen wir vielleicht weiter«, sagte Leon, als er im dunklen Anzug aus dem Zimmer kam. »Ruf doch noch einmal die Bahnhofsauskunft an.«

»Das hätte keinen Sinn mehr, Leon«, wandte Manfred ein. »Jetzt bleibt uns gar nichts anderes mehr übrig, als darauf zu warten, daß sich Poiccart meldet oder daß sich sonst etwas tut.«

Leon wußte, daß George Manfred recht hatte. Er hob in einer hilflosen Bewegung die Schultern, bevor er das Haus verließ. Draußen wartete ein Taxi, das ihn zum East Walworth Friedhof brachte.

Schon von weitem sah Leon den langen Menschenzug, der sich langsam vom Leichenschauhaus aus durch das große Friedhofstor in der Umfassungsmauer bewegte. Reporter säumten den Kiesweg, der zwischen den Gräbern hindurchführte, bis zum Mitteltrakt, wo ein großer weißer Marmorengel auf einem Marmorsockel stand. Blitzlichter zuckten im trüben Licht des Frühmorgens. Kameras surrten. Vor dem Leichenzug fuhr der Leichenwagen, von einem Rappen-Zweiergespann gezogen. Hinter dem Wagen folgten die Sargträger, sechs für Tuberkel-Johnny und sechs für Gloria.

»Es scheint, als würde hier der König der Landstreicher beerdigt«, sagte der Taxifahrer, als er die zerlumpten Gestalten sah, die dem Leichenwagen folgten. Hunderte waren es, fast alle in langen schmutzigen Mänteln, löcherigen Wollhandschuhen und durchgelaufenen Schuhen.

Sie kamen von überall her, aus Southwark, aus Soho, Bloomsbury, aus Westminster, Shadwell, Millwall und vom Waterloo Bahnhof. Die meisten waren Männer, aber es befanden sich auch einige Frauen dabei, in alten verfilzten Pelzmänteln, mit um den Kopf gewickelten Wollschals und zerrissenen Strümpfen. Ein Geruch von billigem Tabak und billigem Schnaps hing über dem Trauerzug, vermischte sich mit dem Geruch von Weihrauch und Wacholdergrün und von fauligem Wasser in den Steckvasen auf den Gräbern, in denen die meisten Blumen verwelkt waren.

Beim Marmorengel hielt der Leichenwagen an, und jetzt kamen die Sargträger zum Einsatz. Leon erkannte unter ihnen jenen Mann, der ihm am Waterloo Bahnhof die Information gegeben hatte. Er ging vorne links, barhäuptig, das schüttere Haar von einer Seite zur anderen über den bleichen Schädel gekämmt.

Leon schloß sich dem Trauerzug an, ging an Dearborn vorbei, der mit zwei anderen Beamten am Wegrand stand und versuchte, jedem Teilnehmer mindestens einen Blick unter den Hut zu werfen. Als er Leon erkannte, runzelte er die Stirn und sagte schnell etwas zu den anderen beiden, bevor er sich zwischen Leon und dessen unbekannten Nachbarn drängte.

»Was tun Sie hier, Gonsalez?« sagte Dearborn leise. »Gibt es hierfür vielleicht einen besonderen Grund?«

»Poiccart ist verschwunden«, sagte Leon.

Der Inspektor drehte den Kopf. Verständnislos blickte er Leon von der Seite an. »Poiccart ist verschwunden?«

»Er ist die ganze Nacht weggeblieben, ohne anzurufen.«

»Well, Gonsalez, Poiccart ist älter als einundzwanzig, nicht wahr.« Das war keine Frage, sondern eine Feststellung.

»Trotzdem, er ruft sonst immer an, wenn er die Nacht wegbleibt.«

»Vielleicht sollten Sie eine Vermißtenanzeige erstatten«, riet Inspektor Dearborn sarkastisch.

Leon gab ihm keine Antwort. Der Trauerzug war zum Stehen gekommen, aber vom Platz, wo sich Gonsalez und Dearborn befanden, waren es noch mindestens hundert Meter bis zum offenen Grab, das in einem der düstersten Winkel des Friedhofes ausgehoben worden war. Die Leute drängten sich auf dem schmalen Kiesweg dicht zusammen.

»Ein Armengrab für zwei«, sagte Dearborn. »Man sagt, daß die beiden viel füreinander übrig hatten. Wissen Sie, wer für diese Beerdigung aufkommt? Die Penner. Jeder, der etwas entbehren kann, zahlt. Und soviel ich gehört habe, kam ganz schön was zusammen.«

»Das klingt ja beinahe, als wären Inspektoren vom Yard unterbezahlt, Verehrtester«, flüsterte Leon, da jetzt Stille eingekehrt war.

Ein Priester fing mit der Grabpredigt an. Seine Worte hallten von der moosbewachsenen Friedhofsmauer zurück. Er sprach vom Leben, als wäre dieses nichts anderes als reine Glückssache, so als hätte Tuberkel-Johnny ebenso ein reicher Geschäftsmann sein können, wie er ein Penner war, oder ein siegreicher Offizier, und Gloria eine Prinzessin in einem Märchenschloß. Er sprach vom Unglück, das jeden treffen konnte und von der Ungerechtigkeit, die man auf Erden zu erdulden hatte, um im Ewigen Leben Frieden zu finden. Er haderte nicht mit dem Schicksal, das diese beiden armen Menschen so übel heimgesucht hatte, aber er stellte doch die Frage, warum es ausgerechnet Tuberkel-Johnny und Gloria Robson getroffen hatte und nicht Übeltäter aus der Unterwelt Londons, die durch ihre Schandtaten brave Bürger in Angst und Schrecken versetzten. »Ist da Gerechtigkeit?« fragte er, und der Wind wehte seine Stimme durch den Friedhof. »Ist da ein Sinn?«

»Was haben Sie rausgekriegt, Gonsalez?« fragte Inspektor Dearborn plötzlich. »Wo ist Poiccart? Warum sind Sie in Sorge um ihn?«

»Ich habe Dr. Briesley ausfindig gemacht«, sagte Leon leise

und so, als wäre das nichts Besonderes. Er spürte, wie der Inspektor zusammenfuhr.

»Es gibt tatsächlich einen Dr. Briesley?« fragte er.

»Ja. In einer Irrenanstalt.«

»In welcher?«

»Beruhigen Sie sich, Inspektor, ich verrate Ihnen nicht mehr, als notwendig ist.«

»Gonsalez! Ich ermahne Sie. Sie sollten bedenken, daß Ihr Freund Poiccart vielleicht in Gefahr ist.«

»Sie wissen selbst, daß dem nicht so ist, Verehrtester. Ich gebe allerdings gerne zu, daß Poiccart offenbar einer heißen Spur folgt.«

»Wo fängt sie an, und wo hört sie auf?«

»Keine Ahnung. Solange wir nicht wissen, was sonst noch in der Tasche der Frau war, kommen wir nicht weiter. Haben Sie vielleicht inzwischen rausbekommen, für welche Strecke die Fahrkarte gilt?«

»London-Ha . . .?«

Leon nickte. Irgendeiner der Penner hielt eine Ansprache. Er hatte eine undeutliche Stimme, weil er durch die Nase redete. Der Mann neben Dearborn stieß den Inspektor mit dem Ellbogen an.

»Halt die Klappe, Mann«, schimpfte er leise.

Dearborn wurde rot im Gesicht, sagte aber jetzt nichts mehr. Als der Penner mit seiner Rede fertig war, passierte die lange Reihe der Männer und Frauen das offene Grab. Viele hatten Blumen mitgebracht, die sie in die Grube fallen ließen. Einige ergriffen den kleinen Besen im Weihwassergefäß und spritzten etwas von dem geheiligten Wasser ins Grab. Andere nahmen mit einer Schaufel Erde auf und ließen die Schollen auf die Sargdekkel hinunterplumpsen. Es gab jedes Mal einen hohlen Knall, wenn ein Stein dabei war.

Leon hatte keine Blumen, und er verzichtete auch auf die Prozedur mit Weihwasser und Erde. Unter dem Hutrand hervor blickte er sich schnell um, und zu seiner Überraschung sah er, wie ihm der Mann vom Waterloo-Bahnhof einen verstohlenen

Wink gab. Leon machte, daß er unter den Leuten verschwinden konnte, bevor Dearborn einige Erdschollen in das Grab fallen ließ. Er machte einen Umweg und näherte sich von der anderen Seite dem Mann, der ihn wiedererkannt hatte, obwohl Leon nicht mehr verkleidet war.

»Du bist einer vom Silbernen Dreieck, nicht wahr?« fragte der Mann ohne Umschweife. »Ich habe ein gutes Gedächtnis für Gesichter.«

Er lächelte hintergründig. »Damals, als George Manfred vor Gericht stand, war ich Reporter bei der Times.«

»Gibt es Neuigkeiten?« fragte Leon.

Der Mann nickte. »In der Tasche war ein kleines Päckchen. Ein Mann namens Shanghai Porter hat es in seinem Besitz. Er steht dort drüben.«

Mit einer Kopfbewegung zeigte der Mann in die Richtung jener Männer, die Glorias Sarg getragen hatten. »Der mit der Kapitänsmütze, das ist er.«

Shanghai Porter stand breitbeinig auf der anderen Seite des Grabes, die Kapitänsmütze in den Händen drehend. Der Wind fuhr durch sein Grauhaar, und als er bemerkte, daß Leon Gonsalez ihn musterte, nickte er kaum merklich.

Leon traf den Mann nach der Beerdigung hinter dem Leichenschauhaus. Tatsächlich hatte er ein kleines Päckchen dabei, das mit einer Schnur zugemacht war.

»Ich wollte es erst den beiden mit ins Grab legen«, sagte der Mann düster. »Dachte, deswegen sind sie umgebracht worden, verstehst du? Dachte, niemand soll dieses Paket kriegen. Scotland Yard nicht und niemand sonst. Aber dann sagte Buster, daß du extra deswegen zum Waterloo-Bahnhof gegangen bist und vielleicht hierher kommst. Dachte, du kannst was damit anfangen, findest vielleicht den Kerl mit der Sonnenbrille, der Gloria umgelegt hat.«

»Hast du ihn gesehen?« fragte Leon Gonsalez. »Kannst du ihn mir beschreiben?«

»Da gibts nichts zu beschreiben. Er kam rein, tat, als wäre er vom Yard und ging ins Hinterzimmer. Ich hab's durchs Schlüsselloch gesehen. Ich hörte, wie er nach der Tasche fragte, und als Gloria sie ihm zeigte, lugte er hinein, und da war nicht drin, was er erwartet hatte. Da brachte er sie beide um. Wie im Fieber. So, als hätte er Angst, daß jemand kommen und ihn stören könnte. Er brachte sie ganz schnell um und lief dann aus dem Birdcage. Ich habe mich draußen versteckt, und ich sah, wie er in eine Limousine stieg und davonfuhr. Etwa fünfzig Meter weiter flog die Tasche aus dem Fenster in eine Hecke hinein. Ich glaube, die Leute vom Yard haben sie später gefunden.«

»War der Mann mit der Sonnenbrille allein?«

Shanghai Porter nickte. »Er kam allein herein. Er machte die Arbeit alleine, aber im Auto saß noch einer. Der Fahrer.«

»Kannst du den beschreiben?«

»Nicht richtig. Nur sein Gesicht. Graues Gesicht. Ich wollte erst weglaufen, hinunter zu den Docks, aber dann bin ich noch einmal zurückgegangen.«

»Wozu?«

»Einfach so.« Shanghai Porter hob die Schultern. »Einfach so. Wollte sehen, was passiert ist. Dachte, daß vielleicht noch nicht alles zu spät ist. Aber es war zu spät.«

»Und das Päckchen, wo hast du das gefunden?«

»Es lag auf dem Kaminabsatz. Halb geöffnet. Dachte zuerst, das ist etwas, was mich nichts angeht. Ein Stück von einem Bettlaken. Und da waren Zeichen drauf. Wie wenn einer angefangen hätte, ein Bild zu malen.«

Leon tippte auf das kleine Paket in seiner Hand. »Ist es hier drin?«

Shanghai Porter nickte. »Ich hab's wieder richtig eingepackt. Mann, wenn die vom Yard etwas taugen würden, hätte ich es denen gegeben. Aber die konnten nicht einmal aufpassen, daß Gloria nichts passiert.« Für einen Moment bedeckte er mit seiner schartigen Hand die Augen. Als er Leon wieder anblickte, hatte er Tränen auf den geröteten Wangen. »Finde den Mörder«, sagte er. »Er soll am Galgen enden.«

Leon nickte, versprach dem Mann aber nichts. Er steckte das Päckchen ein und ging zum Tor, wo sein Taxi auf ihn wartete.

Dearborn tauchte unter den kahlen Bäumen auf. Seine Nase war gerötet. Mißtrauisch sah er zu, wie Leon Gonsalez in das Taxi kletterte und die Tür hinter sich zuzog.

Manfred betrachtete das Stück Bettlaken, schüttelte verständnislos den Kopf und blickte Leon Gonsalez an, der sich einen Scotch eingeschenkt hatte.

»Was ist das, Leon? Das Gemälde eines Kindes oder ein Bilderrätsel?«

Leon trank einen Schluck von dem Whisky, der ihn innerlich wenigstens ein bißchen aufwärmte. Es war schon spät am Nachmittag, und von Poiccart gab es immer noch keine Spur und kein Lebenszeichen. Leon war müde. Er hatte schwere Glieder und leichte Kopfschmerzen. Wahrscheinlich hatte ihn Dearborn angesteckt. Aus lauter Boshaftigkeit. Weil er ihm nicht gesagt hatte, was er wußte, obwohl er zu wenig wußte, um irgend etwas zu sagen. So war Leon Gonsalez. Er überraschte alle immer dann, wenn keiner mehr mit der Aufklärung eines Falles rechnete. Wie in einem Kriminalroman, wenn der Kommissar alle Verdächtigen zusammenrief und am Ende völlig überraschend auf den Täter zeigte.

»Warum legst du dich nicht etwas hin, Leon?« fragte George Manfred. »Ich mache dir Tee, und du solltest zumindest ein Aspirin nehmen.«

»Jemand hat versucht, irgend jemand eine Nachricht zu geben«, sagte Leon, ohne den Blick von dem Stück Bettlaken zu nehmen.

»Mit Wasserfarbe auf einem Leinentuch. Drei Häuschen und ein großes Haus. Ringe und eine Blume. Vier Striche und dieses kleine Banner hier unten, das aussieht wie eine Militärstandarte. Einer, der dieses Rätsel entziffern will, muß mit dem Gemüt eines Kindes ausgestattet sein, Leon.«

»Wäre es nichts Wichtiges, hätte der Mörder nicht danach gesucht. Die Frau hatte es in der Tasche, als sie von Tuberkel-Johnny bei der Brücke überfallen wurde. Es hat ein kleines Handgemenge gegeben, und die Frau ist so unglücklich gestürzt, daß sie besinnungslos war, als Meeker und Rawn auftauchten. Johnny verschwand mit der Tasche, trieb sich eine Weile beim Waterloo-Bahnhof herum und suchte dann eine alte Bekannte auf, die ihn schon einige Male beherbergt hatte, wenn er in Schwierigkeiten war. Die beiden feierten, weil Johnny ja ein paar Shilling erbeutet hatte, und während sie feierten, kam der Mörder. Er brachte die beiden um, weil er fürchten mußte, daß sie ihn verrieten. Die Tasche warf er weg, weil sich nichts Wichtiges darin befand, und das halb geöffnete Päckchen, das auf dem Kaminsims lag, übersah er in seiner Eile.«

»Wir sind die Geschichte schon dreimal durchgegangen, Leon. Was versprichst du dir eigentlich davon, wenn du sie mir noch einmal von vorne erzählst?«

Leon deutete auf das Stück Bettlaken.

»Das Bild muß irgendwo reinpassen, George«, sagte er.

»Dearborn, der unter den Brücken herumgeschnüffelt hat, erfuhr von irgend jemandem, daß Tuberkel-Johnny vielleicht im Birdcage zu finden ist«, sagte Manfred. »Dearborn beeilte sich, dorthin zu kommen, aber es war zu spät. Und du warst noch später, denn als du dort angekommen bist, hat er dir nicht einmal erlaubt, den Tatort zu besichtigen. Stimmt das?«

»Haargenau. Ich wartete, bis er abgelenkt war, und als ich ins Hinterzimmer ging, sagte einer der Beamten von der Spurensicherung, daß es sich bei dem Täter nur um einen Kranken handeln könne. Um einen Irren vielleicht. Das brachte mich auf die Idee, einige Irrenanstalten aufzusuchen, und ich hatte Glück. Ich fand Dr. Briesley.«

»Der Poiccart drei Namen verriet, von denen nur einer von Interesse ist. Emil Koslowski.« George Manfred fuhr sich mit den gespreizten Fingern durch das füllige Haar. »Ich verstehe nur nicht, warum Poiccart uns nicht wenigstens mitgeteilt hat, wohin er geht.«

»Weil er ein verteufelt eigensinniger Mensch ist«, schimpfte Leon Gonsalez. Er setzte sich in den Polsterstuhl und starrte den weißen Fetzen an, auf den jemand mit unsicherer Hand kindische Zeichnungen gemalt hatte. Mit Wasserfarbe.

Manfred hantierte in der Küche herum, als das Telefon klingelte. Leon sprang sofort auf, riß den Hörer von der Gabel und nannte seinen Namen.

Niemand meldete sich. Kein Geräusch war zu hören, aber die Leitung war nicht tot.

»Poiccart?« fragte Leon drängend. »Bist du das?«

Ein leises klickendes Geräusch drang an sein Ohr. Der Anrufer hatte aufgehängt.

7. Kapitel
Das Haus des Schreckens

Die Leute von Harlow redeten nicht gern über das Haus.

Das Haus stand in einer Waldschneise, so daß es völlig gegen die Umwelt abgeschirmt war. Von der Anhöhe aus, die sich im Norden erhob, konnte man zum Beispiel nur das moosbewachsene Ziegeldach eines Eckturmes sehen und den Blitzableiter mit dem goldenen Hahn. Von der Hauptstraße aus war überhaupt nichts zu erblicken, auch von der Flußniederung her nicht und schon gar nicht vom Dorf.

Es führte ein einziger Weg hinaus zum alten Stamford-Haus, das früher eine Herbstresidenz des Earls von Bedford, eines besessenen Jägers, gewesen war. Die Stamfords waren entfernte Verwandte der Bedfords, aber vom alten Sir Francis Stamford, dem Vater von Mark, wußten die Dorfleute nur, daß er ein Diplomat in der Fremde gewesen war, in Indien oder Goa oder irgendwo in einer englischen Kolonie Afrikas. Man sagte auch, daß der junge Stamford deswegen ein so zurückgezogenes Leben geführt hatte, weil er in der Fremde aufgewachsen war, unter Leuten, die eine andere Zunge sprachen und andere Sitten und Bräuche hatten. So was geht nicht spurlos an einem Jungen vorbei, meinten die Leute. Das prägt fürs ganze Leben.

Mark Stamford verlor seine Eltern früh durch ein Eisenbahnunglück. Danach wuchs er bei einem Onkel auf, einem ziemlich verschrobenen alten Mann, der dem Alkohol erlegen war. Die Geschäfte des jungen Stamford erledigte ein Mann, den der Trunkenbold von Onkel ein Jahr vor seinem Tod als Gesellschafter und Sekretär für seinen Neffen Mark eingestellt hatte. Es war bekannt, daß der junge Stamford kein großes Interesse daran hatte, sich selbst ins Rampenlicht zu stellen. Er war eigentlich ein bescheidener Mann gewesen, dessen einzige Freude die Pferde und der Reitsport waren.

Daß er jemals heiraten würde, hätten die Leute in Harlow nicht gedacht. Er machte sich offenbar nichts aus jungen Frauen, auch wenn sie hübsch waren und sich ihm regelrecht anboten. Bis kurz vor seinem Tod lebte er allein. Aber irgendwann kehrte er in Begleitung von einem Urlaub in Schottland zurück. Die zukünftige Frau, wurde sofort gemunkelt. Andere behaupteten, er hätte in aller Stille schon in Schottland geheiratet. Etwas Genaues wußte niemand. Und Sophie redete nicht. Sophie war die Putzfrau im Haus der Stamfords. Sie lebte allein mit ihrem Dakkel in einem alten Fachwerkhaus, das früher einmal eine kleine Mühle gewesen war, bevor man den Bach umgeleitet hatte. Sophie ging damals zweimal die Woche ins Stamford Haus, um sauberzumachen. Die anderen Frauen im Dorf gaben sich alle Mühe, von Sophie irgend etwas zu erfahren. Ohne Erfolg. Sie schwieg eisern.

Das Gerücht ging um, daß Sophie die Blumen aufs Grab des jungen Stamford legte. Das konnte schon sein. Aber man sah sie nie. Man fand nie Spuren. Jessica, die Frau des Apothekers, hatte sich schon einmal die Mühe gemacht, sämtliche Rosen zu zählen, die an dem Busch neben Sophies Tür blühten. Am nächsten Tag waren es noch gleich viele, aber auf dem Grab lagen drei rote Rosen.

Niemand wagte sich in die Nähe des alten Stamford-Hauses, seit der junge Herr tot war. Merkwürdige Dinge geschähen dort draußen, sagte man. Das neueste Gerücht lautete, es sei nun eine Irrenanstalt. Das konnte gut sein. Besucher kamen selten. Vielleicht war das Haus verkauft worden, an irgendwelche eigenartigen Leute.

Von der Frau, die mit dem jungen Herrn zusammen im Haus gelebt hatte und die vielleicht seine Frau gewesen war, wußte niemand etwas Bestimmtes. Wahrscheinlich war sie längst ausgezogen, lebte in der Stadt, wo die reichen Leute wohnen, oder auf dem Kontinent.

Leute hörten manchmal Schreie in der Nacht. Ossie Brown, der Wirt, zum Beispiel, von dem man wußte, daß er es nicht so genau nahm mit den Jagdbestimmungen, hatte schon Schreie gehört. Eine Frau, sagte er, aber sicher war er nicht. Könnte auch ein Geist gewesen sein.

Daß es draußen im Forst spukte, das wußte jeder. Man hatte ihn schon oft gesehen. Manchmal zu Pferd. Und es war bestimmt der junge Stamford, dessen Geist keine Ruhe fand.

Der Anblick des alten Hauses, dessen graue Mauern mit Efeu überwuchert waren, erfüllte Poiccart mit einem merkwürdigen Gefühl der Neugier. Einerseits wollte er wissen, welche Geheimnisse diese finsteren Mauern mit den kleinen dunklen Fenstern bargen, andererseits fürchtete er, daß man ihm nicht mehr die Zeit lassen würde, eine Ausrede für seine Anwesenheit zu finden, falls es eine solche überhaupt gab.

Er konnte unmöglich behaupten, er wäre der Handschuhvertreter. Er konnte aber auch nicht zugeben, daß er Poiccart vom Silbernen Dreieck war. Man hätte ihn wahrscheinlich sofort umgebracht und seinen Leichnam irgendwo weit entfernt in einen Straßengraben geworfen. Wer hätte diese finsteren Gesellen daran hindern sollen? Leon und George wußten nicht einmal, daß er nach Harlow gefahren war, und mit Dearborn brauchte er auch nicht zu rechnen, da dieser von überhaupt nichts eine Ahnung hatte.

Poiccart entschied sich, einfach zu behaupten, er wäre in der Herberge in Harlow abgestiegen, weil er nach einem Landhaus in ruhiger Lage suche, und zwar für einen reichen Klienten. Das klang plausibel. Jemand im Dorf hätte vom Stamford-Haus geredet, das unbewohnt sei, und er hätte nach dem Haus gesucht und wäre dabei vom Weg abgekommen.

Schöne Geschichte, dachte Poiccart. Psychologisch betrachtet kann sie nur von einem Mann stammen, der Angst hat.

Der Kies knirschte unter seinen Füßen. Links und rechts einer breiten Zufahrt wuchsen hohe dunkle Hecken, die schon lange nicht mehr geschnitten worden waren. Irgendwo im Nebel brannte eine Laterne, die schwach das Hauptportal beleuchtete.

Poiccart sah, daß in einem Fenster Licht brannte. Das Fenster befand sich direkt unter dem Giebel des linken Seitentraktes.

Auch aus den kleinen, schießschartenartigen Öffnungen über dem Portal drang schwacher Lichtschein.

»Bring den Hund im Zwinger unter und schließe diesmal ab«, sagte einer der drei Männer, die Poiccart in ihre Gewalt gebracht hatten.

»Es war abgeschlossen«, sagte ein anderer, der dem Dalmatiner einen Strick durch das Kettenhalsband gezogen hatte, so daß ihm dieser nicht mehr entkommen konnte. Der Hund sträubte sich, mit ihm zu gehen, aber der Mann zerrte ihn brutal mit sich.

»Ich nehme an, der Hund gehört zum Haus«, sagte Poiccart so harmlos wie möglich, und es gelang ihm sogar, freundlich zu lächeln.

»Du darfst annehmen, was du willst«, sagte derjenige mit dem grauen, breitflächigen Gesicht, dessen Augen so kalt waren wie blanker Stahl. Er öffnete das Portal und stieß Poiccart in die düstere Halle, von der eine Steintreppe in das obere Stockwerk führte.

»Warte hier«, befahl er dem, der die Büchse auf Poiccart gerichtet hatte.

Raymond Poiccart steckte die Hände in die Tasche seines Mantels. Sie hatten ihn durchsucht. Sie wußten, daß er keine Waffe dabei hatte. Poiccart blickte sich in der Halle um. Viel gab es nicht zu sehen. Die Wände waren kahl, aber im Verputz waren helle Flecken, dort, wo früher einmal Bilder gehangen hatten. Jedes Geräusch hallte hohl durchs Haus, jedes Wort klang überlaut.

»Wird hier nicht geheizt?« fragte Poiccart seinen Bewacher.

Der Mann sagte nichts. Irgendwo ging eine Tür. Dann fuhr Poiccart zusammen. Ein gellender Schrei, der ihm durch Mark und Bein drang, zerriß die dumpfe Stille. Der Schrei konnte nur aus einer Frauenkehle stammen; davon war Poiccart überzeugt.

»Poiccart?« sagte der Mann, ohne sich vom Fenster abzuwenden. Und er wiederholte den Namen noch einmal, als lausche er dem Klang hinterher.

Poiccart saß auf dem einzigen Stuhl im Zimmer, das früher

einmal die Bibliothek gewesen sein mußte. Die Staffelei war leer, aber Poiccart konnte sich gut vorstellen, daß der junge Stamford in der Stille dieses Raumes jene Bilder gemalt hatte, von denen die Frau am Nachmittag gesprochen hatte. Seltsame Bilder.

»Ich habe von Ihnen gehört, Poiccart«, sagte der Mann am Fenster.

»Poiccart und Poiccart, Grundstücksmakler. Wir sind eine bekannte Firma, Sir. Seit fast sechzig Jahren betreuen wir einen auserwählten Kundenkreis, und ich darf Ihnen versichern, daß ich für dieses traditionsreiche Haus hier einen kapitalkräftigen Interessenten hätte.«

»Das Haus ist nicht zu verkaufen, Poiccart.«

»Das tut mir leid, Sir. Im Dorf hat man mir die Auskunft gegeben, das Haus stünde seit längerer Zeit leer.«

»Dann wurden Sie falsch informiert, Poiccart«, spottete der Mann mit dem knöchernen Gesicht und den schmalen, immerfort zuckenden Lippen. »Dieses Haus ist nicht zu verkaufen, denn es ist nichts anderes als die Pforte zum Himmel oder zur Hölle.« Das Lachen des Mannes war nicht mehr als ein unterdrücktes Hecheln, fast ohne Ton. »Sie befinden sich jetzt sozusagen im Fegefeuer.«

»Ich verstehe nicht«, entgegnete Poiccart ruhig. »Ist das hier vielleicht so eine Art Kirche?«

»Nein, eine Kirche ist das nicht«, höhnte der Mann, und jetzt drehte er sich jäh Poiccart zu. »In einer Kirche bist du deines Lebens sicher, Poiccart, hier nicht.«

Poiccart konnte die Augen des Mannes hinter den schwarzen Brillengläsern nicht sehen, sonst hätte ihn das irre Funkeln vielleicht unruhig werden lassen. So aber seufzte er nur und sagte, daß er sich jetzt lieber auf den Weg ins Dorf machen wolle. »Entschuldigen Sie die Störung«, sagte er höflich und wollte sich erheben. Im selben Moment hörte er hinter sich ein leises Geräusch, und ein Schatten fiel über ihn. Die Hand eines Mannes lag plötzlich auf seiner Schulter, und Poiccart hielt es für ratsam, dem Druck nachzugeben und sich wieder hinzusetzen.

»Kaster ist mein Name«, sagte der Mann mit der Sonnenbrille. »Hubert Kaster.«

»Erfreut«, sagte Poiccart.

»Wirklich?« Kaster kam zum Stuhl, beugte sich weit vor und stützte sich auf den beiden Armlehnen auf. Sein Gesicht war jetzt so dicht vor Poiccarts Augen, daß dieser die tiefen Poren deutlich sehen konnte. Sie sahen fast aus wie Trichter, in denen Schweiß glitzerte. »Was halten Sie davon, wenn Sie mir freiwillig sagen, wer Sie sind und wer Sie ausgeschickt hat, hier herumzuspionieren?«

Poiccart hob die Brauen. »Mister Kaster, ich bin ein harmloser Stadtmensch, der . . .«

Kaster bewegte sich blitzschnell. Ohne daß Poiccart sehen konnte, wohin seine Hand gefahren war, lag plötzlich ein Dolch in ihr, dessen Spitze unter dem linken Ohr Poiccart in die Haut drückte. Kaster schnaufte durch die Nase.

»Wenn ich jetzt zustoße, fährt dir die Klinge unterm Ohr direkt in den Schädel, Poiccart«, stieß er leise hervor, so leise, daß dieser Mühe hatte, ihn zu verstehen.

Poiccart spürte, wie sein Mund langsam trocken wurde. Er schluckte, wagte es aber nicht, auch nur den kleinen Finger zu bewegen.

»Los, Poiccart. Sag mir, wer dich geschickt hat!«

»Mein Auftrag ist es, ein ruhig gelegenes Haus zu finden«, sagte Poiccart mit belegter Stimme. »Vorzugsweise mit der Möglichkeit, eine Jagd zu pachten.«

»Du lügst.«

Poiccart hob die Brauen. Wenn er etwas an seinem Beruf haßte, so war es die Tatsache, daß man als Detektiv so oft mit rüden und gewalttätigen Menschen zusammenkam. Und einer der schlimmsten, davon war Poiccart überzeugt, mußte dieser Kaster sein.

»Es liegt mir viel daran, dich zum Reden zu bringen«, sagte Kaster näselnd. »Aber wir haben Zeit, nicht wahr. Wir brauchen uns nicht zu beeilen.« Er steckte den Dolch weg.

Poiccart saß still auf dem Stuhl.

»Emil und Theo werden sich um dich kümmern, Poiccart. Sie sind ein gutes Team, erfahren und zuverlässig. Wenn sie dich von hier wegbringen, wirst du wünschen, du hättest mir die Wahrheit gesagt.«

Das Gesicht Poiccarts war blaß geworden. Schweiß glitzerte auf seiner Stirn.

»Man weiß, daß ich hier bin«, sagte er.

»Wer weiß, daß du hier bist?«

»Mein Geschäftspartner.«

»Grundstücksmakler?« Kaster schmunzelte geringschätzig. »Nein, Poiccart, so leicht ist es nicht, Kaster hereinzulegen. Selbst wenn man weiß, daß du hier bist, wird man dich hier nie finden. Man wird nicht einmal eine Spur von dir finden. Man wird . . .«

Erneut zerriß ein furchtbarer Schrei die Stille. Kaster verzog keine Miene. Aber er blickte kurz zur Decke auf. Der Schrei kam von oben, wahrscheinlich aus einem Zimmer im zweiten Stockwerk.

»Interessiert es dich nicht, woher der Schrei kommt, Poiccart? Bist du vielleicht deswegen hergekommen? Auf der Suche nach jemandem?«

»Es muß eine Frau sein«, sagte Poiccart. »Klingt wie der Schrei einer Irren.«

Kaster nickte. »So ist es, Poiccart. Du hast es richtig erraten. Es ist der Schrei einer Irren. Wir sind hier nämlich nicht nur das Fegefeuer auf Erden, wir sind auch eine ganz gewöhnliche Irrenanstalt. Privat, selbstverständlich. Eine Institution, die Mister Lewis Letherson aus rein humanen Grundsätzen und ohne geschäftliches Interesse aus seiner eigenen Tasche unterhält.«

Poiccart tat, als ginge ihn die Sache nicht das geringste an. Dabei wühlte Kasters Erklärung sein ganzes Innenleben auf. Letherson! Jetzt erinnerte er sich. Export–Import. Was zum Teufel hatte Letherson mit der Sache hier zu tun?

»Ich sehe dir an, wie dein Gehirn arbeitet, Poiccart.« Kaster lachte leise vor sich hin. »Vielleicht bist du vom Yard, nicht wahr? Vielleicht hat dich Inspektor Dearborn ausgeschickt. Was meinst du, wird er sehr traurig sein, wenn du nicht mehr zurückkommst?«

»Ich kenne keinen Inspektor Dearborn«, log Poiccart fest, obwohl er wußte, daß sie Schlimmes mit ihm vorhatten. Und seine Vermutung bestätigte sich. Kaster rief die drei Männer zusammen, und diese packten ihn und schleiften ihn aus dem Raum die Treppe hinunter. In einem kleinen Raum hinter der Halle öffneten sie eine Falltür mit schweren Eisenstreben und wuchtigen Bolzen. Feuchte, modrige Luft stieg aus dem schwarzen Loch. Zuerst dachte Poiccart, sie würden ihn einfach hinunterfallen lassen, aber dann sagte einer von ihnen, daß eine Treppe hinunterführte.

»Paß nur auf, Poiccart, die Stufen sind glitschig. Und laß dich von den Ratten nicht stören. Die sind nur hungrig, sonst nichts. Wir füttern sie selten.«

Poiccart drehte sich dem Mann zu. Er war derjenige mit dem grauen Gesicht.

»Koslowski?« fragte Poiccart.

Der Mann zog den Kopf ein, als hätte Poiccart nach ihm geschlagen. Dann packte er ihn beim Mantel, riß ihn an sich heran und brüllte heiser: »Woher weißt du, wer ich bin!?«

Poiccart hob die Schultern. Der Mann mußte Bärenkräfte haben. Poiccarts Füße berührten kaum mehr den kalten Steinboden.

»Emil Koslowski, nicht wahr?« sagte Poiccart.

»Ich bring dich um, du verfluchter Schnüffler!« stieß Emil Koslowski hervor, und er schäumte fast vor Wut. »Ich bring dich mit bloßen Händen um, hörst du!«

Er wollte beide Hände um Poiccarts Hals legen, aber auf eine solche Chance hatte dieser nur gewartet. Er rammte Emil Koslowski das Knie in den Unterleib. Und Poiccart war ein großer, kräftiger Mann, der in seinen Jugendjahren Zehnkämpfer gewesen war. Emil Koslowski flog rückwärts und riß jenen Mann mit sich, der Theo hieß. Beide knallten so hart gegen die Quadersteinmauer, daß Theos Knie unter ihm nachgaben. Er stürzte, mit beiden Händen hilflos nach einem Halt suchend, vornüber, und Koslowski, der angreifen wollte und vorsprang, trat ihn so ungeschickt, daß Poiccart Knochen knacken hörte. Er ließ Koslowski ins Leere laufen, indem er sich zur Seite wegduckte. Koslowski grunzte überrascht, als er plötzlich keinen Boden mehr unter den Füßen hatte und in die schwarze Tiefe sauste. Es klatschte, als wäre er ins Wasser gefallen, und als sich Poiccart dem dritten Mann zuwandte, blieb ihm eigentlich nicht mehr viel zu tun übrig. Er erwischte den Mann mit einem meisterhaft geführten Handkantenschlag am Hals, und der Mann zuckte zusammen, als hätte ihn der Blitz erschlagen. Poiccart packte zuerst Theo und ließ ihn durch die Öffnung in das Kellergewölbe hinunterfallen, dann schleifte er den dritten Mann zum Loch, und gerade, als Koslowski die Treppe hochkommen wollte, ließ Poiccart den dritten Mann hinunterplumpsen.

Poiccart ließ hinter ihm die schwere Tür zufallen, schob den Eisenriegel vor und lauschte einige Minuten. Nichts war zu hören. Kein Geräusch.

Poiccart rückte seinen Mantel zurecht und entschied sich, Kaster einen Besuch abzustatten. Auf halbem Weg in die Bibliothek, als er sich auf dem Treppenabsatz befand, zerriß wieder dieser furchtbare Schrei die Stille.

In der ehemaligen Bibliothek brannte kein Licht mehr. Die Spalte unter der Tür war dunkel. Poiccart griff nach der Klinke und drückte sie sachte nieder. Die Tür gab nach, und er trat ein.

»Kaster?« fragte er leise.

Keine Antwort.

Poiccart ging zum Fenster. Über den Feldern hatten sich die Nebelschwaden ausgebreitet, aber der Himmel war klar und voller Sterne. Der Mond stand über den Wipfeln der Bäume, die sich im Wind beugten. Vom Hundezwinger her kam das schaurige Geheul von Ken, der wahrscheinlich völlig verstört war.

Poiccart verließ die Bibliothek. Er zog die Tür hinter sich leise ins Schloß. Er wußte nicht, wo er nach Kaster suchen sollte. Er wußte nicht einmal, wieviel Räume dieses Haus hatte. Er ging den schmalen Flur entlang bis zum Treppenabsatz. Obwohl

Poiccart ein schwerer Mann war, verstand er es, so leise aufzutreten, daß er kein Geräusch machte. Auf dem Treppenabsatz verharrte er einen Moment, lauschte nach unten und nach oben, hörte aber nichts. So entschied er sich, die Steintreppe ins zweite Stockwerk hochzugehen.

Oben brannte eine Lampe, die den Flur schwach ausleuchtete. Poiccart blieb wieder stehen und lauschte. Und jetzt hörte er eine Stimme. Sie kam von links. Poiccart passierte zwei Türen. Die dritte Tür war glatt, hatte aber einen kleinen Schieber, der wahrscheinlich ein Guckloch verdeckte.

Poiccart ging so dicht an die Tür heran, daß er das Ohr dagegenhalten konnte. Er vernahm deutlich Kasters Stimme.

»Wir hören sofort auf damit, wenn du mir endlich sagst, wohin du fliehen wolltest, Margaret!« sagte Kaster gerade. »Denk daran, wir haben einen Mann erwischt und unten im Keller eingesperrt. Er heißt Poiccart, und ich bin sicher, daß ich seinen Namen schon einmal irgendwo gehört oder gelesen habe.«

»Ich kenne ihn nicht«, sagte eine Frauenstimme schrill.

Kaster lachte.

Dann schrie die Frauenstimme wieder auf. »Nun?« sagte Kaster.

»Das Silberne Dreieck«, stieß die Frau gequält hervor.

»Poiccart«, zischte Kaster. »Ich wußte, daß ich den Namen von irgendwoher kenne. Poiccart!« sagte er noch einmal. Dann kicherte er vor sich hin.

»Mister Letherson wird nicht sehr erfreut über die Nachricht sein, Margaret«, sagte Kaster. »Ich glaube sogar, er wird sehr ungehalten sein und von mir verlangen, daß ich dich umbringe, bevor du noch mehr Unheil anrichtest. Ich könnte ihn vielleicht beschwichtigen, wenn du mir sagst, was in deiner Handtasche war?«

»Ein Bild.«

»Ein Bild?«

»Ein Bild von Mark, das er kurz vor seinem Tod auf das Laken des Krankenbettes gemalt hat. Nichts als eine persönliche Erinnerung an ihn.«

»Margaret, ich glaube nicht, daß ich Mister Letherson versöhnlich stimmen kann. Nicht mit dieser Lüge.«

»Es ist die Wahrheit«, flehte Margaret. »Ich habe nicht gelogen.«

»Natürlich, Margaret«, sagte Kaster. »Ich werde in einer halben Stunde zurück sein.«

Poiccart drückte sich in den dunkelsten Winkel auf dem Flur, und er tat dies gerade rechtzeitig, denn Kaster verließ den Raum, machte die Tür hinter sich zu und schob den eisernen Riegel vor. Dann ging er die Treppe hinunter.

Poiccart wartete keine Sekunde. Er öffnete die Tür und betrat den Raum. Die Augen der Frau weiteten sich, als sie ihn sah.

»Haben Sie keine Angst, Ma'am«, sagte Poiccart leise. »Ich bin der Mann vom Silbernen Dreieck. Raymond Poiccart.«

8. Kapitel
Ein Besuch in der Berkeley Street

»Wir werden beobachtet«, sagte Manfred vom Fenster her. »Seit gestern abend werden wir überwacht, und wenn mich nicht alles täuscht, so sind die beiden unauffällig gekleideten Herren dort drüben Angestellte von Ottis' Detektivbüro.«

Leon Gonsalez, der sich von der Times Zerstreuung erhoffte, saß am Ende des Tisches, müde und abgespannt. Er blickte auf und nickte bestätigend.

»Einer von ihnen ist mir heute morgen bis zum Zeitungsstand gefolgt«, sagte er. »Er benahm sich so unauffällig, daß ein Blinder mit dem Krückstock aufmerksam geworden wäre.«

»Ottis hatte noch nie die besten Leute. Weißt du, wer ein Interesse haben könnte, uns zu überwachen?«

»Nein. Aber du kannst ja mal Ottis anrufen.«

»Der würde nichts sagen. Ich gehe besser mal hinunter und knöpfe mir den Wicht da drüben vor, dem andauernd die Pfeife ausgeht.«

George Manfred zog den Mantel an und verließ das Haus. Nach knapp fünf Minuten war er wieder zurück. Leon blickte ihn neugierig an, als er den Mantel auszog und ihn an den Haken hängte. »Seit Raymond nicht mehr hier ist, hängt der Spiegel krumm. Ist dir das schon mal aufgefallen?«

Leon runzelte die Stirn. Er war nicht zum Scherzen aufgelegt. Seit Raymond Poiccart verschwunden war, hatte er die schlimmsten Sorgen seines Lebens.

»Was ist mit den Leuten von Ottis?« fragte er ungeduldig.

»Schon mal was von Mr. Lewis Letherson gehört, Leon?«

Leon konnte mit dem Namen nichts anfangen.

»Letherson, Import-Export«, klärte Manfred ihn auf. »Ziemlich betuchter Mann. Soviel ich weiß, tauchte er erst vor kurzem in der Geschäftswelt auf. Niemand weiß woher und was er vorher getan hat, aber er scheint ein riesiges Vermögen zu besitzen, das er in sein Geschäft investiert und in seine Frau, eine Ungarin namens Lilla. Die Frau hat es geschafft, innerhalb weniger Wochen mehreremal in den Klatschspalten der Regenbogenpresse aufzutauchen, meistens wegen ihres ausgefallenen Geschmacks, wenn es um Mode geht.«

Leon Gonsalez lehnte sich im Stuhl zurück.

»Hat es etwas mit Poiccart zu tun?«

»Keine Ahnung. Die Frage, die ich von dir eigentlich erwartet habe, ist eine andere.«

»So?«

»Was fürchtet Mr. Letherson?« Manfred ging zum Fenster und blickte hinaus. »Jetzt habe ich sie verschreckt«, sagte er, »sie sind beide verschwunden.«

Ein feines Lächeln umspielte Leons Lippen, als er sorgfältig die Zeitung zusammenlegte.

»Du weißt bestimmt auch, wo Mr. Letherson zu Hause ist?«

»Natürlich. Lower Berkeley Street. Die Nummer steht im Geschäftsverzeichnis. Ich kenne das Haus. Ein altes Herrschaftsgebäude, mit einem herrlichen Garten drumherum und mit einem schmiedeeisernen Zaun. Das Auffälligste daran ist die kupferne Kuppel über dem Portal, wunderbar mit Grünspan überzogen.«

Leon erhob sich und knöpfte sein Hemd zu.

»Was hast du vor?« fragte Manfred argwöhnisch.

»Well, ich werde Mr. Letherson aufsuchen und ihm ein paar Fragen stellen«, erklärte Leon gelassen.

»Letherson ist wahrscheinlich auf Etikette bedacht. Es wäre eventuell von Vorteil, wenn du dich anmelden würdest, sonst könnte es sein, daß du noch vor dem Zauntor abgewiesen wirst.«

»Mr. Letherson wird mich sehen wollen, verlaß dich darauf«, sagte Leon und ging in sein Zimmer. Er band sich eine Krawatte um, kämmte sein Haar und nahm ein frisches Taschentuch aus der Kommodenschublade.

Bevor er aus dem Haus ging, ermahnte er Manfred, sich ja nicht vom Telefon zu entfernen.

»Vielleicht ruft er in der Zwischenzeit an«, sagte er, und er meinte nicht Mr. Letherson.

Mr. Lewis Letherson wohnte, um es bescheiden auszudrücken, standesgemäß. Sein Haus, ein dreistöckiges Gebäude, mußte zur viktorianischen Zeit erbaut worden sein. Frisch renoviert, präsentierte es sich inmitten eines kleinen Grundstückes, das mit mächtigen alten Bäumen und dunklen dichten Hecken bewachsen war. Der Rasen, glatt und vom samtenen Grün eines Golfplatzes, war frisch gemäht, die Rosenbüsche alle von der Hand eines Fachmannes zurückgeschnitten. Auch hier blühten entlang des Kiesweges und in den kunstvoll angelegten Beeten vor dem Haus eine Vielfalt von Herbstblumen.

Es war Spätnachmittag, als Leon den Klingelknopf am Torbogen drückte. Das Tor öffnete sich leicht und lautlos. Leon machte es hinter sich zu und ging über den weißen Kies auf die Treppe zu, die zum Portal hochführte.

Noch bevor er die erste Stufe erreichte, wurde eine der beiden massiven, kunstvoll geschnitzten Türflügel geöffnet, und ein Diener erschien, bei dessen Anblick Leon unwillkürlich stehen blieb.

Der Diener, oder vielleicht war er auch nur der Türöffner, trug eine Livree, die sehr gut in eine Operette, keineswegs aber in ein Herrschaftshaus der Lower Berkeley Street paßte. Das Jakkett war aus moosgrünem Samt gearbeitet, mit Goldborden an den Nähten und kleinen goldglänzenden Knöpfen. Der Mann trug schwarze Kniebundhosen, weiße Strümpfe und schwarze Lackschuhe.

Leon starrte ehrfurchtsvoll zu ihm auf.

»Darf ich fragen, mit wem ich die Ehre habe?« fragte der Diener.

Leon lächelte. »Gonsalez«, sagte er. »Leon Gonsalez.«

»Versicherungen?«

»Nein. Keineswegs. Das Silberne Dreieck.«

Der Diener versuchte, Haltung zu bewahren, aber das gelang ihm nicht gerade gut.

»Da ... das ist aber eine ... Überraschung«, stotterte er. »Darf ich nach dem Grund Ihres Besuches fragen, Sir?«

»Ich hatte die Absicht, mich mit Mr. Lewis Letherson zu unterhalten, mein Guter«, sagte Leon. »Sagen Sie ihm, daß ich hier bin!«

Der Diener hob die Brauen. »Ohne Voranmeldung?«

»Sagen Sie ihm, daß ich nur wissen möchte, warum er uns überwachen läßt«, unterbrach Leon den Diener bestimmt. »Und sagen Sie ihm, daß ich daran denke, Inspektor Dearborn von Scotland Yard einige Informationen zukommen zu lassen, die Mr. Letherson betreffen.«

Der Diener schluckte.

»Sehr wohl, Sir«, sagte er, drehte sich um und verschwand im Haus. Die Tür ging hinter ihm zu, aber schon nach wenigen Augenblicken kam er zurück, mit hektischen roten Flecken in seinem Gesicht.

»Mr. Letherson läßt Sie in die Bibliothek bitten«, sagte die glänzende Erscheinung, die sich ihrer respektablen Bedeutung sehr wohl bewußt zu sein schien.

Der Butler führte Leon Gonsalez quer durch eine große Halle zu einer Marmortreppe. In der Halle standen zwei Rüstungen, die Leon mit Kennerblick als Halbharnische der Kavallerie identifizierte, wahrscheinlich aus Österreich stammend und zur Zeit von Maria Theresia gegen die Türken im Einsatz. Für einen Moment nur vergaß Leon seine Sorgen um Raymond Poiccart. Als er aber die breiten Stufen hochging, sah er flüchtig eine schöne Frau über den Treppenabsatz gleiten. Ein hochmütiger Blick traf ihn, dann verschwand sie im Halbdunkel eines Flures, und der Duft eines eigenartigen Parfümes war alles, was von ihr zurückblieb.

Die Bibliothek, in die Leon geführt wurde, hätte man der kostbaren Zierlichkeit der Einrichtung wegen für einen Damensalon halten können. Die Möbel stammten unzweifelhaft aus Frankreich, ebenso der wundervoll gearbeitete Kristallüster und die goldgerahmten Bilder impressionistischer Maler. Leon hätte sich nicht gewundert, wenn ein Manet oder ein Degas dabeigewesen wäre oder sogar ein Renoir, den Poiccart als den bedeutendsten Impressionisten vergötterte.

Mr. Letherson erhob sich hinter dem Empire-Schreibtisch und hielt dem Besucher eine schlanke, weiße Hand entgegen. Er war hager, hatte ein knochiges Gesicht und einen etwas verkniffenen Mund. Das eindrücklichste an seiner gepflegten Erscheinung waren aber die grauen, durchdringenden Augen, die Leon an diejenigen eines Bussards erinnerten.

»Mr. Gonsalez?« Die frostige Stimme klang nicht besonders angenehm. »Wollen Sie nicht Platz nehmen?« Er deutete mit einer Handbewegung auf einen Stuhl, der so fein und zerbrechlich aussah, daß Leon es vorzog, aus Gründen der eigenen Sicherheit stehen zu bleiben.

Für einen Moment zog Mr. Letherson unmutig die Brauen zusammen, dann gab er sich aber sofort wieder alle Mühe, freundlich zu sein. Er bot Leon einen Sherry an, den dieser ebenfalls ablehnte. Somit blieb Mr. Letherson gar nichts anderes übrig, als umgehend zur Sache zu kommen.

»Mr. Ottis, der ihnen ja bekannt sein dürfte, hat mich eben angerufen, Mr. Gonsalez. Es scheint mir da ein Mißverständnis vorzuliegen. Einer Ihrer Angestellten, Mr. Gonsalez, hat sich gegenüber einem Angestellten des Ottis-Detektivbüros ziemlich rüde benommen, ließ ich mir sagen. Dabei hat der arme Mann nichts als seine Pflicht getan.«

Letherson selbst hatte wieder Platz genommen. Obwohl er seine Unruhe hinter einer geschäftsmäßig kühlen Maske zu verbergen suchte, entging sie dem aufmerksamen Besucher natürlich nicht. Im Gegenteil, wenn Leon bisher nur vermutet hatte, daß Letherson etwas mit dem »Fall« zu tun hatte, so war er sich dessen jetzt gewiß.

»Deswegen bin ich hier, Mr. Letherson«, sagte Leon kühl. »Ich lasse mir nicht gern beim Zähneputzen zuschauen, wenn Sie verstehen, was ich meine. Die beiden Männer vor unserem Haus haben sich zwar alle Mühe gemacht, uns unauffällig zu überwachen, aber so leicht, wie man sich das möglicherweise vorgestellt hat, ist es nun auch wieder nicht.«

Jetzt lächelte Letherson, aber es war ein fast gequältes Lächeln.

»Ich weiß, daß es sich bei Ihnen, Mr. Gonsalez, nicht um einen Anfänger handelt. Das Silberne Dreieck ist mir ein Begriff, über den ich mir niemals im Zweifel sein könnte. Wie käme ich deshalb dazu, Sie oder Ihr Haus zu überwachen? Das wäre doch lächerlich.«

Leons prüfender Blick wich nicht von Letherson, dem ziemlich unbehaglich zumute war. Er fingerte an einigen Papieren herum, die auf dem Schreibtisch lagen, und Leon sah ihm an, daß er am liebsten aus der Haut gefahren wäre.

»Mr. Letherson, ich halte es für richtiger, wenn wir nicht versuchen würden, uns gegenseitig etwas vorzumachen. Deshalb will ich Ihnen sofort mitteilen, daß über die Tatsache der Hausüberwachung kein Zweifel besteht. Mein Partner, Mr. Manfred, hat Informationen eingeholt. Wir kennen die Agentur, die Sie beauftragt haben; wir kennen die Honorare, die Sie gezahlt haben; sogar die Instruktionen, die Sie gaben, sind uns bekannt. Die Frage ist nur – warum?«

Mr. Letherson rückte unbehaglich auf seinem Sessel hin und her. Mit erzwungenem Lächeln antwortete er schließlich: »Wirklich – unter den Umständen wäre es unklug, es noch länger abzuleugnen.«

Er lehnte sich zurück und blickte kurz zur Decke auf, so, als ob er von dort oben Hilfe erwarten könne.

»Schießen Sie los, Sir«, forderte ihn Leon kurz auf.

»Nun, Mr. Gonsalez, so einfach ist das alles nicht. Sehen Sie, ich bin ein reicher Mann. Das hat nicht nur Vorteile, die ich keineswegs bestreiten möchte, dies hat auch Nachteile. Mißgunst und Neid sind nun mal menschliche Eigenschaften, denen erfolgreiche und wohlhabende Geschäftsleute nicht selten zum Opfer fallen. Erpressungen, verstehen Sie, Mr. Gonsalez.«

Leon schüttelte den Kopf. »Sie müssen schon deutlicher werden«, sagte er kühl.

»Die Konkurrenzangst, mein Guter, ist besonders in unserer Branche ein Faktor, mit dem man sich auseinanderzusetzen hat.

Ich muß zugeben, daß es nur vage Informationen waren, die mich dazu veranlaßt haben, das Haus mit dem silbernen Dreieck zu überwachen.«

»Informationen welcher Art?«

»Ich bitte Sie, Mr. Gonsalez! Glauben Sie im Ernst, ich würde Ihnen meine Geheimnisse verraten? Ich will Ihnen aber gern eine Andeutung machen. Es ist mir zu Ohren gekommen, daß Sie und Ihre Partner von einem Konkurrenzunternehmen angeworben wurden, um in meinem Geschäftssystem irgendwelche Schwächen aufzudecken, durch die man an mich persönlich herankommen kann. Mr. Gonsalez, ich bin ein Bürger, der nichts zu verbergen hat. Ich bezahle regelmäßig meine Steuern. Ich bin glücklich verheiratet, und meine Frau ist als großzügige Spenderin bei Wohltätigkeitsveranstaltungen bekannt. Ich unterstütze die örtliche Feuerwehr genauso wie den Fond für mittellose Hinterbliebene von Polizeibeamten, die im Dienst ums Leben kommen. Trotzdem bin ich kein Engel, Mr. Gonsalez, und wer sich die Mühe nimmt, wird zweifellos in meiner Rüstung eine kleine Lücke finden, durch die man mir eine Lanze ins Herz bohren könnte.«

Leon verkniff das Gesicht. Die Ausführungen Lethersons hätten ihn zu jedem anderen Zeitpunkt vielleicht sogar amüsiert, aber im Moment ließ ihn die Sorge um Poiccart nicht zur Ruhe kommen.

»Sie wollen behaupten, daß Sie sich durch uns bedroht fühlen?« fragte er deshalb mit harter Stimme.

Letherson seufzte. Wahrscheinlich fühlte er selbst, wie lahm seine Erklärungen klangen.

»Ein Mann in meiner Position muß aufpassen, Mr. Gonsalez.«

Jetzt lächelte Leon. »Das ist zweifellos richtig, Mr. Letherson«, sagte er und ging auf die Tür zu. »Ab heute werden Sie wachsam sein müssen, denn ich glaube nicht, daß unsere nächste Unterredung für Sie so glimpflich ablaufen wird.«

Letherson wurde blaß. »Ich verstehe nicht ganz, was Sie meinen, Mr. Gonsalez«, sagte er. »Die Männer von Ottis' Detektivbüro wurden abgezogen, nicht wahr? Somit dürfte die Sache doch bereinigt sein.«

»Das ist ein Irrtum, Mr. Letherson. Von heute an sind Sie es, der überwacht wird.«

Jetzt erhob sich Letherson.

»Soll das eine Drohung sein, Mr. Gonsalez?« rief er zornig.

Leon schüttelte den Kopf. »Keineswegs, Mr. Letherson. Das ist nur eine kleine Warnung.«

Leon Gonsalez kam nachdenklich in die Curzon Street zurück.

»Letherson windet sich wie ein Aal«, sagte er zu Manfred, der das Abendessen zubereitet hatte. »Ich bin sicher, daß er etwas mit der Frau zu tun hat und auch mit dem Doppelmord im Birdcage.«

»Und mit dem Verschwinden unseres Freundes Poiccart?«

»Absolut. Ich habe ihn mit meinem Besuch überrascht und aus der Fassung gebracht, aber er ist ein Mann, der sich schnell auf eine veränderte Situation einstellen kann. Es ist mir nicht gelungen, ihn an der richtigen Stelle anzupacken, George.«

»Und warum ließ er uns überwachen?«

»Seine Erklärung war einfach. Er fürchte die Böswilligkeit eines Konkurrenzunternehmens, das uns angestellt habe.«

»Und was ist der wirkliche Grund?«

»Es könnte sein, daß er jemand davon abhalten will, uns aufzusuchen.«

»Die Frau«, sagte Manfred sofort. »Die Frau von der Lambeth Bridge.«

»Könnte sein«, sagte Leon. »Bis jetzt haben wir allerdings angenommen, daß sie sich in der Gewalt jener Männer befindet, die sie im Namen von Dr. Briesley mitgenommen haben.«

Manfred seufzte. »Ein verzwickter Fall«, sagte er. »Nichts stimmt. Wie eine Rechnung, an der man hundertmal herumknobelt, ohne daß sie aufgeht.«

»Hast du Dearborn angerufen?«

Manfred nickte. »Nichts. Er tappt völlig im dunkeln. Er hat ein Bild von Poiccart an sämtliche Beamte des Yard ausgegeben.

Bis jetzt sind über hundert Hinweise gekommen, die nachzuprüfen sind.« Manfred grinste. »Dearborn macht seit Tagen Überstunden, und seine Erkältung wird auch nicht besser.«

An diesem Abend saßen die beiden Freunde und Geschäftspartner in ihrem kleinen Haus an der Curzon Street herum, ohne daß etwas passierte. Auch der nächste Tag verging mit Warten, aber dann, es war schon dunkel draußen, und ein leichter Nieselregen hatte eingesetzt, entdeckte Manfred vom Salonfenster aus eine Frauengestalt, die langsam die Straße entlangging und die Nummern über den Haustüren las.

Da die Frau allein war, erweckte sie sofort den Verdacht eines Schutzmannes, der an der Ecke stand. Er kam die Curzon Street herunter, sein Regenumhang glänzend und das Gesicht von der Kälte gerötet. Er hielt die Frau auf, und die Frau sagte etwas zu ihm, ohne ihn anzusehen. Der Schutzmann zeigte zum Haus herüber, auf dessen Tür das silberne Dreieck an der Wand befestigt war.

Die Frau lief sofort weiter. Sie mochte in den Dreißigern sein, obwohl sie vornübergebeugt ging. Der abgetragene Mantel, der lose von ihren Schultern hing, triefte vor Nässe.

»Sie kommt zu uns«, sagte Manfred, als Leon hinter ihn trat. »Und es ist keine meiner Bekannten.«

»Muß früher mal hübsch gewesen sein«, brummte Leon Gonsalez, der die Frau hinter der Gardine des Fensters beobachtete. »Gehört zur arbeitenden Klasse; jeder Gedanke gilt dem täglichen Brot.«

Leon hatte Zeit genug, sich ein paar Gedanken über die Frau zu machen, denn diese blieb plötzlich vor dem gegenüberliegenden Haus stehen und blickte unschlüssig nach rechts und links.

Der Schutzmann stand längst wieder an seiner Ecke. Ganz langsam fuhr ein Auto vorbei. Es war ein Sunbeam mit hellem Verdeck. Für einen Moment erfaßte das Scheinwerferlicht die Frau auf der anderen Straßenseite.

»Merkwürdig, nicht die geringste Anstrengung, ihr Äußeres etwas anziehender zu machen; auch das ärmste Geschöpf hat doch einen Schal oder Handschuhe, wenn es abends ausgeht.«

Manfred ging zum anderen Fenster, von dem er einen besseren Überblick hatte.

»Provinz, glaube ich«, fuhr Leon fort. »Anscheinend ganz fremd im Westend. Unsicher obendrein. Glaubst du, daß es unsere Frau ist?«

»Du meinst die Frau von der Lambeth Bridge?«

»Wen denn sonst.«

»Nach Aussagen der beiden Streifenpolizisten war sie schwer verletzt. Diese Frau dort unten sieht nicht danach aus, als wäre sie einem Krankenhaus entlaufen.«

»Ah, jetzt kommt sie«, sagte Leon. Beide sahen zu, wie die Frau über die nasse Straße kam, noch einmal zögernd den Schritt verhielt und dann auf die Haustür zustrebte. Sekunden später läutete es.

»Ich habe mich nicht geirrt«, sagte Manfred. »Sie wußte ganz gut, wo sie war. Sie konnte nur nicht so schnell den Mut finden zu klingeln. Oder vielleicht wollte sie erst sicher sein, daß ihr niemand auflauert.«

9. Kapitel
Des Rätsels Lösung

»Einer von uns muß aufmachen«, sagte Leon. Normalerweise spielte Poiccart den Diener. Jetzt tat es Manfred. Bevor er den Salon verließ, sagte er: »Wenn diese Dame nicht Lethersons ›Schwarzes Schaf‹ ist, will ich von nun an Sonstwie heißen.«

Leon lauschte den schweren Schritten Manfreds. Er hörte, wie er die Tür öffnete und die Frau aufforderte, einzutreten. Manfred konnte es mit Frauen besonders gut, denn er hatte den richtigen Charme und die Ausstrahlung eines erfolgreichen Herzensbrechers. Als er hereinkam, hatte er schützend einen Arm um die Frau gelegt. Leon erkannte sogleich, daß die Frau ziemlich verstört war und Angst hatte. Außerdem sah er den Bluterguß unter ihrem rechten Auge.

»Bitte, setzen Sie sich, Ma'am«, sagte Manfred und bot ihr den besten Sessel an. Sie schüttelte heftig den Kopf und strich sich mit einer fahrigen Handbewegung eine nasse Haarsträhne aus der Stirn.

»Es geht um Poiccart«, sagte sie schnell. »Ihr Partner, Raymond Poiccart.«

»Wo ist er?« entfuhr es Leon, und er stürzte förmlich auf die Frau zu.

»Im alten Stamford-Haus«, sagte die Frau mit herausgepreßtem Atem. »Er hat mich befreit und schickte mich hierher. Er selbst ist dortgeblieben, um Kaster zu überwältigen.«

»Kaster?« fragten Manfred und Leon wie aus einem Mund.

»Er ist der Oberaufseher. Der Mann, dem es Spaß macht, ein Opfer zu quälen. Ich glaube auch, daß er ein Mörder ist.«

»Trägt er meistens eine Sonnenbrille?« fragte Manfred.

»Ja.«

»Dann sind Sie die Frau, die bei der Lambeth Bridge von einem Penner überfallen worden ist?«

Sie nickte, und Manfred merkte, wie sie leicht zusammensank. Sie war am Ende ihrer Kräfte, und er ließ sie langsam und sanft in den Polsterstuhl gleiten. Leon bot ihr ein Gläschen Scotch an, vom Besten, und die Frau lehnte nicht ab. Als sie getrunken hatte, schien sie sich etwas besser zu fühlen. Sie nannte ihren Namen. Margaret Stamford. Sie kam von Edgeware, und sie war Witwe ...

Leon und Manfred ließen sie reden, und lange, bevor sie über die Einleitung hinweg war, wußten sie beide, daß sie sich geirrt hatten. Diese Frau, deren Kleidung eine Aufwartefrau verächtlich abgelehnt hätte, war eine Dame! Ihre sanfte Stimme, der reichhaltige Wortschatz verriet den gebildeten Menschen. Sie sprach über Lebensbedingungen, die nur besseren Kreisen bekannt sein konnten.

Leon konnte es kaum erwarten, ihr einige Fragen zu stellen, aber er hatte es gelernt, geduldig zu sein und andere Leute ausreden zu lassen.

Sie erzählte ihnen eine Geschichte, die sich nicht einmal Poiccart hätte ausdenken können, und der war ein heimlicher Romanschreiber.

Margaret Stamford erzählte von ihrem Gatten, Mark Stamford, den sie vor knapp zwei Jahren bei einer Fuchsjagd in Schottland kennengelernt hatte. Mark Stamford mußte enorm reich gewesen sein, mit Gütern in Yorkshire, Somerset und Harlow. Sein Vermögen stammte aus der Hinterlassenschaft seiner Eltern. Sein Vater war Konsul in verschiedenen britischen Kolonien gewesen, und Mark war in aller Welt aufgewachsen, ohne sicheres Zuhause, ohne dauernde Freundschaften, ohne feste Zukunftspläne. Das hatte ihn zu einem schweigsamen Menschen werden lassen, der sehr zurückgezogen lebte und dessen einzige wahre Freude der Reitsport gewesen war. Das Schicksal hatte es so gewollt, daß er bei einem Jagdrennen tödlich verletzt worden war, als er verwegen, wie er sein konnte, hinter einer Meute seiner Jagdhunde hergaloppierte.

»Mein Gatte war sehr sonderbar erzogen worden«, erzählte Margaret Stamford. »Als seine Eltern starben, nahm ein Onkel sich seiner an. Ein schrecklicher alter Mann, Trinker und furchtbar gewöhnlich, noch dazu eifersüchtig auf jede fremde Einmischung. Mark, der sowieso ein Eigenbrötler war, hatte lange Zeit keinen anderen Umgang mehr, bekam nie mehr Menschen zu Gesicht, lebte einsam mit dem Alten draußen im alten Stamford-Haus. Der alte Mann wurde krank. Eine langwierige, bösartige Krankheit war es. Ein Jahr vor seinem Tod engagierte er Mr. Lewis Letherson als Hauslehrer und Sekretär für Mark. Mark hat mir nie gesagt, was ihm Mr. Letherson hätte beibringen sollen. Mark war zwar nicht sehr gesprächig, aber ich lernte ihn als einen Mann von außergewöhnlicher Intelligenz kennen.«

»Künstlerisch veranlagt, vielleicht?« fragte Leon.

»Sehr wohl. Er verbrachte viele Stunden in seiner Bibliothek an der Staffelei. Seine Bilder, oft bunte, einfache Darstellungen, erfreuten mich, obwohl niemand sie als Kunstwerke anerkennen wollte.«

Margaret hob den Kopf.

»Woher wissen Sie, daß mein Mann gemalt hat?«

»War nichts als ein Gedanke, Mrs. Stamford«, sagte Leon. »Bitte fahren Sie fort.«

»Nun, die seltsame, zurückhaltende Art meines Mannes war eigentlich keine Grundlage für eine glückliche Ehe. Trotzdem kamen wir recht gut miteinander zurecht, und sein Tod war ein furchtbarer Schlag für mich. Nicht zuletzt des Testamentes wegen.«

»Er wird Sie als Alleinerbin doch nicht benachteiligt haben, Mrs. Stamford?« fragte Manfred hellhörig.

»Das ist es ja. Mark hat mich nicht als Alleinerbin eingesetzt, sondern die Hälfte seines Vermögens Mr. Lewis Letherson vermacht.«

Manfred pfiff durch die Zähne, entschuldigte sich aber sogleich dafür.

»Es wird noch schlimmer«, sagte Margaret Stamford leise. »Ich sollte erst fünf Jahre nach seinem Tod meinen Erbteil antreten können, und dann auch nur unter der Voraussetzung, daß ich die Bedingungen des Testaments erfüllt hätte. Innerhalb dieser fünf Jahre dürfte ich mich nicht wieder verheiraten, hatte im alten Haus in Harlow zu leben und durfte niemals diesen Distrikt verlassen. Mr. Letherson hatte außerdem absolute Vollmacht, als Testamentsvollstrecker meine Besitzungen zu veräußern, falls dies zu meinem Vorteil wäre. Bis gestern, als mich Mr. Poiccart befreit hat, habe ich in Harlow gelebt.«

»Die Fahrkarte«, entfuhr es Manfred.

Leon warf ihm einen schnellen Blick zu und wandte sich wieder an die Frau.

»Mr. Letherson ist natürlich verheiratet?« fragte er.

»Ja. Natürlich. Kennen Sie ihn?«

Er schüttelte den Kopf.

»Ich bin ihm nur einmal begegnet, in seinem Haus an der Berkeley Street. Dort sah ich eine Frau, die ich für seine Gattin hielt.«

»Ich dachte mir, daß Sie ihn kennen«, sagte sie. »Ja, er verheiratete sich, kurz bevor Mark seinen Tod fand. Eine sehr hübsche junge Ungarin. Er ist ja auch ein halber Ungar, und ich glaube, er betet sie an. Sie soll sehr verschwenderisch sein, kam mir zu Ohren. Gesehen habe ich sie nur einmal, bevor das Unglück geschah.«

»Und wie war Ihr Leben in Harlow?« fragte Manfred, der die Arme über der Brust verschränkt hatte und auf dem Fenstersims saß.

Die Lippen der Frau begannen zu zittern. »Wie ein Alptraum, der nicht aufhören wollte.«

»Sie haben die Flucht ergriffen?«

»Ja. Ich weiß nicht einmal, wie viele Tage seither vergangen sind. Die Flucht war schlecht vorbereitet. Ich lief einfach in die Nacht hinaus, verirrte mich mehrere Male, und dann verfolgten mich Kaster und seine Gesellen bis nach London. Mister Poiccart hat mir gesagt, daß ich bis zur Lambeth Bridge gekommen war und daß mich dort ein Vagabund überfallen hat.«

»Das stimmt. Was geschah im Haus in Harlow?«

»Es ist ein Haus des Schreckens geworden, seit Mark tot ist.

Einmal war es ein sehr hübsches Haus, ruhig, in einer Waldschneise gelegen, aber kilometerweit von Harlow entfernt und nicht einmal an einer richtigen Straße. Ich wurde dort gefangen gehalten, als wäre ich eine Verbrecherin. Man hat mich terrorisiert. Jemand wollte mir weismachen, daß mein Mann noch lebt. Manchmal sah ich ihn unten im Park vor dem Haus, meistens wenn es Nacht war. Der Mann trug Kleider von Mark. Und dann rief er meinen Namen, und er hatte die Stimme von Mark. Ich konnte nichts dagegen tun. Man hat mich in einem Zimmer eingesperrt, ich war unter ständiger Bewachung. Tag und Nacht liefen Wächter auf dem Grundstück herum, und am Fenster meines Zimmers waren Gitter angebracht worden. Manchmal hat man mich in eine Zwangsjacke gesteckt.«

»Alles, um den Anschein zu erwecken, daß Sie geistig nicht normal wären?« fragte Manfred.

Sie schrak bei diesen Worten zusammen.

»Aber Sie glauben das doch nicht«, rief sie schnell, und als er den Kopf schüttelte: »Gott sei Dank! Ja, den Anschein hat man erweckt. Als ob das alte Haus eine Irrenanstalt wäre. Das haben auch die Leute in Harlow gedacht. Aber die einzige, die dort gefangengehalten wurde, war ich. Ich durfte nie aus dem Haus. Ich kriegte keine Zeitungen. Bücher bekam ich, so viele ich wollte. Aus der Bibliothek meines Schwiegervaters, den ich nie kennengelernt habe. Im Gegensatz zu Mark las er viel. Mark hielt nichts von Büchern und Zeitungen. Er schrieb auch keine Briefe, und was es an geschäftlichen Dingen schriftlich zu erledigen gab, ließ er Lewis Letherson machen.«

»Sie bekamen also Bücher, soviele Sie lesen wollten?«

»Jawohl. Und eines Tages fand ich in einem der Bücher eine Zeitungsnotiz, in der vom Silbernen Dreieck die Rede war. Diese Notiz bewahrte ich sorgfältig auf, weil sie diese Adresse hier enthielt. Flucht schien zwar unmöglich, weil ich ja außer ein paar Pennies kein Geld hatte. Außerdem, wie sollte ich aus dem bewachten Zimmer und dem Grundstück hinauskommen? Aber eines Tages ließen sie das Fenster auf. Nur einen Spalt. Normalerweise machten sie es zu und entfernten den Fenstergriff. Ich versuchte, ob ich zwischen den Gitterstäben hindurchkriechen könnte, und es gelang mir. Ich entkam über die Efeuranken, schlich mich im Nebel unbemerkt davon und rannte den alten Reitweg hinunter durch den Forst. Den Rest der Geschichte kennen Sie ja wohl, Gentlemen.«

Leon schüttelte den Kopf. »Leider nicht ganz, Madam«, sagte er, ging zum Wohnzimmerschrank und entnahm ihm das Päckchen, das er von Shanghai Porter erhalten hatte. Margaret Stamford wollte aufspringen, aber Manfred drückte sie sanft in den Sessel zurück.

»Wo haben Sie das Paket her?« fragte Margaret drängend. »Ich hatte es in der Tasche, als ich flüchtete.«

»Ich weiß«, sagte Leon. »Der Vagabund entkam mit Ihrer Tasche. Die Zeitungsnotiz mit unserer Adresse fand man in Ihrer Hand, bevor die drei Männer in der Limousine sie verschleppten. Zwei Leute starben für dieses Paket, Madam; der Vagabund, der Sie überfiel, und eine unschuldige Frau, die ein Etablissement bei den Docks betrieb. Wir haben uns hin und her überlegt, was dieses Stück Bettlaken mit den Zeichen beinhalten könnte, sind aber nicht auf des Rätsels Lösung gekommen.«

»Wenn ich dies wüßte«, seufzte Margaret. »Ich weiß nur, daß dieses Stück Laken von meinem Mann bemalt worden ist. Nach dem Unfall schaffte man ihn zuerst in eine Herberge in Harlow und von dort in ein kleines Krankenhaus der Nachbargemeinde. Er hatte schlimme innere Verletzungen, und man rechnete nicht damit, daß er noch einmal aus der Bewußtlosigkeit aufwachen würde. Die Leute vom Dorf kamen an die Bettstatt. Obwohl er mit ihnen kaum je gesprochen hat, schätzten sie ihn. Sie brachten ihm Blumen und kleine Geschenke. Unsere Putzfrau, Sophie, schenkte ihm einen kleinen Malkasten. Wasserfarben. Sie liebte seine Bilder, und wenn immer er guter Laune war, schenkte er ihr eins.«

»Ihr Mann muß das Bewußtsein wiedererlangt haben«, rätselte Manfred.

Sie nickte. »Ohne daß jemand etwas bemerkt hat. Wahrscheinlich kurz vor seinem Tod. Mark malte so gern – wissen

Sie, so kleine Figuren und Häuser, wie sie Kinder und müßige Menschen gern malen, die nie richtig zeichnen gelernt haben.«

»Wie ist es in Ihre Hände gekommen?« fragte Leon. Seine Augen funkelten.

»Die Oberschwester im Hospital hat es mir abgeschnitten.«

»Er könnte es im Fieberwahn gezeichnet haben«, meinte Manfred stirnrunzelnd.

»Ganz im Gegenteil«, entgegnete Leon. »Das ist doch klar und deutlich wie der helle Tag. Wo fand die Heirat statt?«

»Auf dem Standesamt von Westminster.«

Leon nickte. »Versuchen Sie sich den Tag genau ins Gedächtnis zu rufen, Madam. Ist Ihnen bei der Trauung nichts aufgefallen? Hatte Ihr Gatte nicht eine Privatunterhaltung mit dem Standesbeamten?«

Margaret Stamford riß ihre großen, blauen Augen weit auf. »Ja, jetzt erinnere ich mich. Mr. Letherson und mein Mann hatten eine Unterhaltung mit dem Beamten. Mein Mann bat mich ausdrücklich, fern zu bleiben.«

»Als ob er ein Geheimnis hätte?«

»So ist es mir vorgekommen. Zuerst war ich verletzt, dann dachte ich, daß er schon seine Gründe haben würde.«

Leon war zufrieden. »Noch eine Frage, Madam. Wer hat das Testament aufgesetzt? Ein Anwalt?«

Sie schüttelte verneinend den Kopf.

»Nein, mein Mann. Er hat das ganze Testament von Anfang bis zum Ende eigenhändig geschrieben. Er hatte übrigens eine gute Handschrift, die deutlich zu lesen ist.«

»Enthielt das Testament noch andere Bedingungen?«

Sie zögerte, und ihr Gesicht färbte sich flammend rot.

»Ja – aber die Bedingungen sind so beleidigend, daß ich sie Ihnen gegenüber nicht erwähnen wollte.«

»Madam, ich kann Sie nicht zwingen, aber . . .«

»Schon gut«, unterbrach sie ihn mit einem bitteren Lächeln. »Es steht darin, daß ich niemals versuchen dürfe, den Nachweis zu erbringen, daß ich mit Mark verheiratet war. Und das ist mir so unverständlich, Mister Gonsalez. Ich kann mir nicht denken, daß Mark schon einmal verheiratet war. Sein Leben war jedoch derart absonderlich, daß beinahe alles möglich sein könnte.«

Leon strahlte übers ganze Gesicht. In solchen Augenblicken war er wie ein Kind, das ein neues, verlockendes Spielzeug entdeckt hatte.

»Ich glaube, in diesem Punkt kann ich Sie beruhigen, Madam. Ihr verstorbener Gatte war kein Bigamist.«

»Und was bedeuten die Bedingungen des Testamentes? Warum hat Mark überhaupt ein derartiges Testament aufgesetzt? Wie ich schon andeutete, unsere Ehe war sicherlich nicht die beste, aber wir sind immer gut miteinander zurechtgekommen.«

Leon legte ihr die Hand auf den Arm. »Madam, Sie haben jetzt vor allen Dingen Ruhe nötig, dann eine andere Garderobe und vor allem Schutz. Das erstere und letztere finden Sie in unserem Hause, und das zweite verschaffe ich Ihnen innerhalb einer Stunde, zugleich mit einem Mädchen für die Bedienung. Erzählen Sie mir nur noch, was im alten Stamford-Haus passiert ist, bevor Ihnen erneut die Flucht gelang.«

»Sie haben draußen im Forst einen Mann erwischt. Es stellte sich heraus, daß es sich dabei um Poiccart handelte. Irgendwie gelang es Poiccart, drei von Kasters Männern zu überwältigen und in einem Kellergewölbe einzusperren. Dann befreite er mich und wies mich an, sofort hierher zu kommen. Ich floh nach Harlow zu Sophie. Sie gab mir Kleider, aber sie wollte mich nicht gehen lassen. Es sei zu gefährlich, meinte sie. Man würde die Straße im Auge behalten, den Zug und den Bus. So lieh ich mir von Sophie Geld und machte mich zu Fuß auf den Weg, querfeldein. Tagsüber verbarg ich mich in einem alten Schuppen. Ich ging erst weiter, wenn es dunkel wurde. Darum war ich auch so lange unterwegs.«

»Warum haben Sie nicht angerufen?«

»Mr. Poiccart sagte, daß er dies tun würde, sobald er Kaster ebenfalls – wie hat er noch gesagt – außer Betrieb gesetzt hätte.«

Manfred verzog das Gesicht. »Das ist offensichtlich nicht gelungen, sonst hätte er sich längst gemeldet.«

»Dann ist Mr. Poiccart in schlimmster Lebensgefahr!« rief Margaret Stamford aus.

George Manfred und Leon Gonsalez wechselten einen Blick. Dann half Manfred der Frau aus dem Stuhl. »Kommen Sie, Madam, ich bringe Sie auf Ihr Zimmer.« Er führte sie aus dem Salon ins Gästezimmer, und als er wieder zurückkam, hing Leon am Telefon. Mit verstellter Stimme sagte er gerade: ». . . in Ordnung. Sehen Sie zu, daß es Mr. Gonsalez an nichts fehlt.«

Manfred wunderte sich zwar, aber er hütete sich, Fragen zu stellen.

Trotz der späten Stunde hatte Leon Gonsalez noch verschiedene Besuche zu machen, einen sogar weit draußen in Strawberry Hill, wo ein bestimmter Standesbeamter wohnte.

Es war schon elf Uhr in der Nacht, als Leon die Klingel des eleganten Hauses in der Lower Berkeley Street betätigte. Ein Diener, aber nicht der aus der Operette, öffnete. Es war ein drahtiger Mann, dunkel gekleidet, mit buschigen Brauen.

»Sind Sie Mr. Gonsalez, Sir?« fragte er, als Leon über den Kiesweg die Tür erreichte. »Mr. Letherson ist noch nicht aus dem Theater zurück, rief aber an und läßt bitten, in der Bibliothek auf ihn zu warten.«

»Danke bestens«, erwiderte Leon, obwohl kein besonderer Grund zum Dank vorlag. Er selbst war es ja gewesen, der telefoniert hatte.

Dann wurde er feierlich in das Privatissimum geleitet und allein gelassen.

Kaum war der Diener verschwunden, als Leon schon vor dem Empire-Schreibtisch stand und die Papiere hastig durchblätterte. Endlich fand er, was er suchte: In einer Schreibmappe lag ein halbfertiger, handgeschriebener Brief von Mr. Letherson an eine Weinfirma. Der Inhalt, eine Klage über schlechte Qualität des gelieferten Champagners, war belanglos. Es ging Leon nur um die Schrift. Er faltete den Brief zusammen und steckte ihn ein. Schnell und vorsichtig untersuchte er dann die Schubfächer. Zwei waren verschlossen, der Mittelkasten stand offen. Was er dort fand, interessierte ihn besonders und beschäftigte ihn einige Augenblicke. Kaum war er damit fertig geworden, als er ein Auto vor dem Haus anhalten hörte. Er blickte hinaus und sah den burgunderfarbenen Rolls Royce vor dem schmiedeeisernen Tor.

Ein Mann ging um den Wagen herum und öffnete die andere Seitentür für seine Begleiterin, die von einem wunderbaren Silbernerz umhüllt war.

Trotz der Dunkelheit erkannte Leon seinen unfreiwilligen Gastgeber. Er erwartete ihn bescheiden in einer Ecke der Bibliothek, in einem Lesestuhl sitzend, als Letherson, weiß vor Wut, in das Zimmer stürzte.

»Was zum Teufel soll das bedeuten?« brüllte er außer sich und schlug die Tür hinter sich zu. »Eine solche Unverschämtheit! Wie können Sie es wagen, in meinem Namen zu telefonieren? Ich werde Sie verhaften lassen, Gonsalez, und . . .«

»Sie haben richtig erraten, daß ich telefoniert habe«, lächelte Leon anzüglich. »Das kann man ja beinahe intelligent nennen.«

Letherson beherrschte sich mühsam.

»Was wollen Sie hier? Es handelt sich wohl um die arme Frau, die dem Harlow-Irrenhaus entkommen ist. Ich hörte davon, als ich wegging. Wie Sie wissen, bin ich einer der Geldgeber für diese Institution.«

»Die Frau ist durchgekommen, Mr. Letherson«, sagte Leon, und Letherson wurde aschfahl im Gesicht.

»Sie ist also doch zu Ihnen gekommen?« stieß er hervor. Dann lachte er schrill. »Wie ich annehme, hat Sie Ihnen allerlei Märchen erzählt, nicht wahr?«

Leon zog ein zerknittertes Stück Leinwand aus der Tasche und hielt es ihm hin.

»Das haben Sie wohl noch nicht gesehen?« fragte er. »Als Mark Stamford starb, wurden diese Zeichen auf seinem Bettlaken entdeckt. Er konnte ja ein bißchen malen, das wissen Sie ja.«

Lewis Letherson antwortete nicht.

»Soll ich Ihnen sagen, was das hier ist?« fragte Leon. »Das ist Mark Stamfords Testament!«

»Das ist eine verfluchte Lüge«, krächzte Lewis Letherson. Für einen Moment hatte er den Ausdruck eines gehetzten Wildes in den Augen. Und Leon ließ ihn nicht zur Ruhe kommen.

»Sein Testament«, wiederholte er nachdrücklich. »Die drei Rhomboiden sind die Umrisse seiner Güter. Das Haus in der Mitte ist eine ziemlich gute Abbildung der Southern Bank, und die vielen kleinen Kreise bedeuten Geld!«

Letherson starrte sprachlos auf das Laken.

»Kein Gerichtshof würde solchen Unsinn anerkennen«, brachte er schließlich hervor.«

»Auch die Margarite nicht, die ›Margaret‹ besagt, und dieses Zeichen am Schluß ebenfalls nicht? Deutlich zu erkennen, Mr. Letherson, ein querstehendes M mit einem senkrechten Strich. Das ist Marks Zeichen.«

»Marks Zeichen?« Jetzt lachte Letherson geringschätzig. »Warum hat er dieses naive Gemälde nicht mit seiner Unterschrift versehen, dieser feine Künstler?«

Leon stand auf. Sein Gesicht war jetzt ernst, und der Ausdruck in seinen Augen hatte nichts Gutes zu bedeuten. Draußen quietschten die Reifen eines Autos, das vor dem Tor anhielt. Türen wurden zugeschlagen. Letherson warf einen Blick zum Fenster hinüber und wich ein paar Schritte zurück, bis zum Schreibtisch.

»Mein lieber Freund«, stieß er hervor, »die ganze Sache ist phantastisch ... Lächerlich! Mark Stamford hat sein ganzes Testament mit eigener Hand aufgeschrieben, und es ...«

Mit vorgebeugtem Kopf hatte Leon zugehört. Jetzt fiel er ihm ins Wort: »Mark Stamford konnte gar nicht schreiben«, sagte er sanft. Letherson prallte zurück. »Er war imstande, solche naiven Zeichnungen zu machen, konnte aber nicht einmal seinen Namen schreiben.«

»Unsinn!« rief Mr. Letherson aus. »Mark Stamford war der Sprößling gebildeter Eltern. Sein Vater war lange Jahre im diplomatischen ...«

»Geben Sie sich keine Mühe, Mr. Letherson. Es ist nicht ungewöhnlich, daß wohlbehütete Kinder die Erwartungen ihrer Eltern nicht erfüllen können. Ein psychologisches Problem, das vor allem meinen lieben Freund Poiccart interessieren dürfte. Auch medizinisch erklärbar, soviel ich weiß. Koordinationsschwierigkeiten zwischen Auge und Hirn, Mr. Letherson. Ich bin sicher, daß dies bei Mark Stamford der Fall war und daß seine Eltern ihm zuliebe alles daran gesetzt haben, diese Behinderung vor der Öffentlichkeit zu verbergen. Er muß als Kind schon genug darunter gelitten haben.«

»Und wie gedenken Sie, diese sentimentale Geschichte zu beweisen, Gonsalez? Kein Mensch wird Ihnen glauben? Niemand wird dieses Bettlaken als . . .«

»Der Beweis ist das Zeichen, mit dem Mark Stamford auch seinen Trauschein unterzeichnet hat. Wenn Mrs. Stamford die Eintragung auf dem Standesamt zu Gesicht bekommen hätte, wäre ihr klargeworden, daß Mark Analphabet war. Deswegen haben Sie doch die nette, kleine Bemerkung ins Testament geschrieben, daß Mrs. Stamford niemals versuchen sollte, die Rechtmäßigkeit ihrer Ehe nachzuweisen. Und wenn Sie es geschafft hätten, sie wirklich in den Wahnsinn zu stürzen, hätte Ihnen alles gehört, was Mark hinterließ.«

Mr. Lewis Letherson begann zu schwitzen. Draußen waren Stimmen. Schritte auf dem Kies. »Kein Mensch wird Ihnen glauben, daß nicht einmal Margaret Stamford als Gattin des Verstorbenen von dessen Krankheit wußte.«

»Vielleicht, Mr. Letherson, vielleicht hätte er ihr sein bestgehütetes Geheimnis verraten, wäre er nicht Ihrem Mordkomplott zum Opfer gefallen. Ich weiß zwar noch nicht, wie ich den Nachweis erbringen kann, daß Sie das Unglück beim Jagdrennen verschuldet haben. Ich werde aber alles daran setzen, diesen . . .«

Plötzlich sprang Letherson an den Schreibtisch und riß das Schubfach auf. Ein Revolver erschien in seiner Hand. Er stürzte zur Tür, stieß sie auf . . .

»Zu Hilfe . . . Mörder!« schrie er aus vollem Hals, drehte sich in der Türöffnung um und richtete die Waffe auf Leon Gonsalez.

Einmal, zweimal – nichts!

»Ich hielt es für richtiger, den Revolver zu entladen«, sagte Leon kühl. »Und so ist aus dem Trauerspiel, das Sie so kaltblütig vorbereitet haben, eine Posse geworden, Mr. Letherson.«

Lewis Letherson konnte die Welt nicht mehr verstehen, als ihm Inspektor Philander Dearborn von hinten die Hand auf die Schulter legte.

Kaster sah den Rolls Royce im fahlen Licht des Mondes langsam den Feldweg hochgleiten, dann aus dem Schatten der Bäume herausfahren, auf das Stamford-Haus zu.

Der Rolls Royce nahm die Kurve beim Feldgraben, und die Lichtkegel der Scheinwerfer huschten über das Feld, das jetzt brach lag, die Furchen wie ein genau gezeichnetes Linienmuster.

Kaster wandte sich vom Fenster ab.

»Wir kriegen Besuch«, sagte er zu Poiccart, der eine frisch verkrustete Schramme an der Schläfe hatte, dort, wo ihn Kaster mit einem Vollgummiknüppel getroffen hatte.

Poiccart steckte in einer Zwangsjacke, so daß er kaum mehr einen Finger bewegen konnte. Außerdem hatte ihn Kaster mit einem Seil an einem Lehnstuhl festgebunden.

»Mr. Letherson wird wahrscheinlich dein Todesurteil fällen, Poiccart.«

Poiccart antwortete nicht. Seit fast achtundvierzig Stunden befand er sich in dieser Zwangsjacke, hilflos wie ein Kind und ohne Hoffnung, befreit zu werden. Poiccart war sonst alles andere als ein Pessimist, aber er glaubte längst nicht mehr daran, daß es Margaret Stamford gelungen war, nach London zu entkommen und seine beiden Partner oder Scotland Yard zu alarmieren. Wahrscheinlich war sie von Emil und seinen beiden Spießgesellen geschnappt worden.

Kaster, der in den Hof hinunterblickte, bestätigte diese Vermutung.

»Sieh mal einer an, Mr. Letherson bringt auch gleich unsere hübsche Margaret zurück.« Er lachte gehässig, als er sich vom Fenster wegdrehte und auf Poiccart zukam. Er kniff ihm in die

Wange, kicherte und ging zur Tür. Poiccart, der ihm nachblickte, sah, wie Kaster einen Revolver in die Hand nahm, bevor er den Raum verließ.

Ken bellte.

Unten klopfte der späte Besucher an die Tür.

Kaster ging die Treppe hinunter, durchquerte die Halle und schob die beiden schweren Eisenriegel zurück. Als er den Türflügel aufzog, stand draußen ein Mann, den er nie zuvor in seinem Leben gesehen hatte. Der Mann trug den beigen Kamelhaarmantel, der ohne Zweifel Mr. Letherson gehörte, einen dunklen Hut, der ebenfalls Eigentum von Mr. Letherson war, und einen Revolver, der jeden Moment losgehen konnte.

»Well, Mister Kaster«, sagte der Mann mit einer Stimme, die nicht Mr. Letherson gehörte. »Das Spiel ist aus.«

Kaster sah die Scheinwerfer eines anderen Autos auf dem Weg zum alten Stamford-Haus, und er wußte, daß er besser Fassung bewahrte.

Langsam senkte er die Hand mit dem Revolver.

»Gonsalez?« fragte er.

Der Mann schüttelte den Kopf.

»Wir teilen uns die Arbeit, mein Bester. Ich bin George Manfred.«

Ein Vauxhall hielt hinter dem Rolls Royce. Vier Beamte von Scotland Yard sprangen heraus, und Inspektor Dearborn überließ es seinem Kommissar Peter Roos, dem Mörder mit der Sonnenbrille die Handschellen anzulegen. George Manfred war längst im Haus verschwunden, und er fand Poiccart im einzigen Zimmer, in dem Licht brannte. Es war die Bibliothek.

»Endlich«, schnaufte Poiccart, als Manfred hereinstürzte. »Seit einer Ewigkeit sitze ich hier und warte.«

»Bequem, wie mir scheint«, sagte Manfred, zauberte ein Messer aus seinem Mantel und begann, die Stricke durchzuschneiden.

Poiccart war frei, als Margaret Stamford in Begleitung von Inspektor Dearborn in die Bibliothek kam.

»Wo ist Gonsalez?« fragte Poiccart.

»Der schläft wie ein Toter«, sagte Manfred. »Und wenn er erwacht, will er wieder mal ein anständiges Frühstück, sagte er.«

Philander Dearborn sah sich verständnislos im Raum um. »All diese Bücher, und er konnte nicht einmal lesen«, sagte er kopfschüttelnd.

»Dafür konnte er malen«, sagte Margaret Stamford und ging zur Staffelei am Fenster.